反逆する風景

辺見 庸

鉄筆文庫 002

鉄 筆

「絶対風景」にむかうこと
――前書きに代えて

溶岩台地には色がない。おおむね黒か灰色。もはやだれもいない。ゴツゴツした岩のようなものに、きれいに溶けてしまった無数の人びとが一枚一枚影になってはりついているのである。あるいはひとが何体も熱線で溶けてから、冷えてかたまり岩になったのか。それが目路のかぎりつづき、目を細めると、あれは地平線なのだろう、天球と交わる大円の弧線が左右にのびたいだけのび、弛い弧がクリムソンレーキの帯になってめらめらと燃えさかっている。その上はもう全面がむらなく薄群青《うすぐんじょう》か杜若色《かきつばたいろ》に染まっている。おそらく空なのだろうが、ひょっとしたら海か湖なのかもしれない。どちらでもよい。まちがえたって、咎める者はいない。ヒューヒューと風が舞っている。わたしは廃墟のすき間からこの絶対風景を身をこごめてのぞいている。なにか深紅のサソリのようなものが尾を立てて赤く青い虹状の地平線にむかい這っていく。これは夢ではない。

寂しくはない。怖ろしくはない。おどろくべきことには、なんら空しくもない。そのような言葉があることをはじめて知った者のように、わたしはうそ偽りなくおもう。「美しい」。その言葉さえ、すぐに風にもっていかれる。かつて右のような、なにもない地平に立ちつくしたことがある。荒涼とした、という常套句をつい用いそうになるが、じっさいにはすこしも荒涼となんかしていない。いっそスッキリとしている。ビルもなければ電柱も電線もない。道も車も塔も広告もない。紙切れ一枚、ビニール袋ひとつ落ちていない。人声がない。機械音がない。泣き声も呻《うめ》きも叫びもわざとらしい笑い声も。音楽がない。黒い岩しかない。遠くに塩湖らしい水面が光っているが、天空との境がはっきりせず、あきれて見ていると、流星が次から次へと長い尾を曳いて水面にとびこんでいくのである。あからさまな死もない。これみよがしの生もない。ことさらな意味もない。なにもないのである。

そのような風景をいつからか絶対風景と名づけて胸に溜め、そこにむかって歩いている。げんじつにそれを目にしたことがあるのだからあたりまえなのだが、その絶対風景には既視感があり、ジャメビュかまだ未経験の予知夢のようにも感じる。なにもない絶対風景にあっては、わたしもわたしではなくなり、nobodyになる。その解放感！　たぶん、わたしやわたしたちは、じぶんが在ることや在らねばならないことと事物と諸現象に在らされることに倦み疲れているのだ。『もの食う人びと』の旅でわたしはすでにそう感じていた。

あまりにも多くの事物と諸現象に在られると、意味の包囲下でがんじがらめになり、窒息し、強いられた意味に真の意味を見いだせなくなる。結果、もがき苦しみ脱出口をさがすこととなる。さかんにそうしていたときに書いたのが本書『反逆する風景』であった。

風景はかならず意味に反逆する。もっともらしい意味をとりつくろう言葉に謀反をおこす。意味の整合をよそおう言葉にはげしくたてついてくる。『反逆する風景』上梓以降はとくに風景が意味と言葉にたいしてすさまじい勢いで荒れ狂ってはいないか。どうにもこうにも救いはないのだ。わたしやわたしたちは、あまりにも意味に在られる現在から、なにもない nothing の地平へ、もの怖ろしい言葉で言えば、滅亡という名の絶対風景へと歩をすすめている。爆撃、大災害、核爆発……の先の無。無の無。われわれは溶岩台地でも廃墟でもないリアルな無の地平線にむかってすすんでいる。まるでまったき無にこそ解放か最終秩序があるとでも信じているかのように。

二〇一四年十月

辺見庸

反逆する風景 目次

反逆する風景目次

反逆する風景

I

反逆する風景

反逆する風景

最初にそのことをこの目に強く意識したのはいつだったろうか。風景が反逆してくる。考えられるありとある意味という意味を無残に裏切る。のべつではないけれども、風景はしばしば、被《かぶ》せられた意味に、お仕着せの服を嫌うみたいに、反逆する。刹那《せつな》、風景は想像力の射程と網の目を超える。あるいは、眼前の風景が、世界の意味体系から、額縁から外れるように、ずるりと抜けて、意味の剝落した珍妙な踊りを踊る。常識を蹴飛ばして、私やあなたを惑乱することがある。

全体、風景たちはなにに対し反逆しているのだろう。

解釈されることに、ではなかろうか。意味化されることに、ではないか。風景は、なぜなら、往々解釈と意味を超える、腸《はらわた》のよじれるほどのおもしろさを秘めているからだ。反逆する風景たちは、では、なにを訴えたいのだろうか。おそらくは、「この世界には意味のないことだってあるのだ」ということなのだ。そして、無意味が許されないことに、無意味があまりにも掬《すく》われないことに、憤怒するのではないか。

でも、私が最初にそれを見たのはいつだったろうか。

第一話

断っておくが、問題はささいなことである。

いつも尾行されたり、盗聴されたりしている憂鬱な時期があった。「国家機密を不当な手段で窃取《せっしゅ》した」として、中国当局から、国外退去処分を受ける前のことだ。当局が機密と断じ、私は機密とは考えない、ともあれ、そんな情報にかかわる、ある記事の情報源の名前を明かせと私はいわれていた。教養はあるけれども頑《かたく》なな、面立ちの整った外務省の若い役人から、じつにしつこく。まだ記者をやめたくなかった私は、問われるたびに答えていた。

「絶対にいえないよ」

ある日、色白で、日本語の得意なその役人は告げるのだった。いえば「なにもなかったことになる」と。

おもしろいな、と私は思った。私よりずいぶん年下のこの男は、私が一再ならず冒した、当局にとっては不都合なことを、画布を張り替えるみたいに、なかったことにできる、と考えている。国家意思とはそういうものだと、毫《ごう》も恥じも疑いもしてはいない。

「でも、いえないな」と私はいった。すると若い男は縷々《るる》説明するのだ。いいさえすれば、機密提供者を逮捕することもないし、なにも、ほんとうになんにも起きない。

「あなたが明かしたということは、あなたの上司にも同僚にもわからないようにする」

つまり、なにもなかったことになる。いや、現状より立場がぐっと有利になる。だが、いわなければ、とてもひどいことになる、という。国家意思とは、その気になれば、一枚の画布に、陽気なのも陰惨なのも、どんな種類の絵だって自在に描けるものなのだ、というわけだ。

「それでも、いえないよ」と私は、内心じつはかなり動揺しつつ、応じた。情報源秘匿という記者の鉄則を意識するより、いえば、いったという事実がその瞬間から私を蝕《むしば》むと感じたし、それは宿痾《しゅくあ》のように未来永劫不快だろうと予感したから。理想でも信条でもなく、ちょっとした快不快だけで、重大な選択がなされることだってあるものだ。

しかし、何度目かの拒否で、大衆食堂の、彼と私のいるテーブルの風景が突然変わったように私は思った。

怒鳴《どな》りだすかと思いきや、男は、やおらポケットからなにかをとりだそうと、背広の内側を右手でまさぐりはじめた。唇の端に薄ら笑いがあった。

口から心臓が飛びだしそうなほど私は驚き怯《おび》えた。こいつは、じつのところ、国家安全省の役人を兼ねていて、逮捕状か、国外退去命令書みたいなものを私に示そうとしているのじゃないか。キーンという金属音が頭の奥で鳴り響いた。泡を食った時、私はこの幻聴に襲われる。

書類にちがいないと信じたそれは、しかし、一葉のモノクロ写真なのであった。私と情報提供者のいる現場写真か。怖くて目がかすんできた。

だが、よく見ればそれは、なんのことはない、男の幼児の写真なのだった。「私の息子……。二歳になりました」と男はつぶやいた。体勢をやっとのことでたて直し、私はしゃがれ声で世辞《せじ》をいった。

「いい息子さんだね。あんたによく似ている」

端正だが陰気で生意気な父親とは逆に、布袋《ほてい》様みたいに笑っている息子の写真を、私は救いの神のように見つめたものだ。ややあって、男は背筋を張って私に注文をつけた。唐突であった。

「男に、男になってください」

私は無言。事態をのみこめず、苦笑《にがわら》いのみしてみせた。意味がわからなかったのだ。それまでの文脈からすれば、情報源を明かさぬことでしか、さしあたり私は「男」にはなれない。そのあたりを、彼が理解していなかったとは到底思えないのだが。

彼の意図が那辺《なへん》にあったか、私にはいまもってわからない。息子の写真を示した理由もまた、これまで三十回ほどあれこれ考えてはみたが、どうにも不分明なのである。

わからないまま、結局私は国外退去処分を食らい帰国したのだが、最近ではこうも思うのだ。整合しないことって、ままある、と。あれは、さして意味のないことだったのかもしれない、と。

あの男は、ただ単に不意に子供の写真をだれかにみせたくなったのだ。その後いきなり、あの台詞《せりふ》が「おまえにはチンポがない」という程度に脈絡なく、口をついてでてきたのかもしれない。風景のシークエンスには、系列的意味からみれば、謎めいた不整合部分が、必ずといっていいほどぽこりと出現するのだ。そのことを私は好いている。つまり、中国の若き役人の「男になれ」発言を、私は、不合理ゆえにいまも愛している。

ものを書くうえで、フィクション、ノンフィクションを問わずだが、それら不整合を取りこむべきか否か。このことが、本稿のテーマといえばテーマなのだが、私の結論は、絶対に盛りこまれなければならない、である。たとえば、前述の幼児の写真の一件と「男になれ」発言は、文中に是非とも必要な要件なのである。表面上の、意味的風景をせせら嗤《わら》う、意味のぼこりと陥没した風景があってこそ、風景はやっとそれなりのおもしろい立体的全体たりうるからだ。

この見地からすると、たとえば日本の新聞紙面は、ほとんど一次元的に意味を付与された虚構に覆われており、それらは上等でおもしろい嘘ですらない。おおむね下等に描写された風景と、ため息がでるほどつまらぬ道理に満ち満ちているといっても過言ではない。風景はそれを不当であると怒っているのだ。

話を戻せば、情報源を明かせ、いや明かさぬのやりとりの後に、風景はさらに一変した。果然、尾行がはじまったのである。それは、尾行対象にさとられない尾行ではなく、対象を脅すための、半ば公然の、いわゆる威圧尾行というやつであった。重要な記者会見場に私と私の同僚を入れないといういやがらせも受けた。例の件を明かせば、すべて解除されるのは目に見えてはいたけれど、それは現状より数万倍も不快なので、結局どうにもあいならず、私は連夜酒ばかり飲んでいた。

そのころである。風景が反逆して私の目を刺した。

春節（旧正月）前の、ある冷えた満月の夜。

私は友人の、「安全地帯」の歌なら何曲でも暗記している、これも若くハンサムな中国人と、北京の前門東大街から前門西大街にかけて、「安全地帯」のこととはまったく別の話をしながら歩いていた（余談だが、彼は例の情報源では断じてない）。

同僚のカメラマンが、毛主席紀念堂の裏の正陽門あたりに車を停めて、私たちが戻るのを待っていた。通りの前方に人影はない。春節の準備で、人々はみな早めに帰宅してしまったのだ。振り向いても尾行はない。街は眠っていた。通りは、一発のけちな放屁《ほうひ》でも、すわ、どでかい砲撃音と誤解されそうなほどひっそり静まりかえっていた。だから尻の穴をきっちり締めて、王代ものの書割《かきわり》みたいな街を、靴音さえ気にしてそろそろ歩いた。

突然、前方の路地から自転車に乗った中年男が夜目にもわかる笑顔でやってきた。ブレーキの軋《きし》みもけたたましく、私たちの前でとまった。だみ声で、東直門に行くにはどうしたらいいのか、みたいな見当外れのことを問うてきた。息が大蒜《にんにく》くさい。目はやはりニタニタ無遠慮に笑っている。東直門は北東に五キロ以上離れている。この男にとって東直門なんてどうでもいいのだ、と私はとっさに思った。けれど、もともと気の優しい友人はばか丁寧《ていねい》に行き順を教え、教えている途中から、瘧《おこり》がおきたように全身を音たてて震わせはじめた。

気がついたのだ。ニタニタ男が公安であることに。男は笑いながら去った。すると、次に遠くからオートバイの音が聞こえてきた。間もなく、日本製の中古自動二輪に乗った、これもヘラヘラ笑った男が近づいてきて、北京展覧館はどっちだという類の、阿呆《あほう》でも知っているようなことを我々に訊《き》くのだ。血管に血でなく灰汁《あく》でもどろどろ流れているような、汚れた麻袋みたいな面相だった。友人の顔が引きつり、両目とも恐怖で白目になった。私は私で、舌が口いっぱいに膨らんで、ものもろくにしゃべれず、吐き気さえしてきた。頭蓋骨のなかでキーンという幻聴音が鳴りわたっていた。人っ子ひとりいないと思った街が、いきなり動きだしたからだ。

深夜の、風景の反抗であった。不意討ちであった。

それが、私には公安よりもよほど怖かった。芝居のはねた、役者のいない書割の街で、時ならぬ芝居がはじまったのだ。電柱の陰から、街路樹の陰から、路地の角から、こんなにも多く人間が潜《ひそ》んでいたのかと驚くほど次々に男たちが飛びだしてきた。死んだ夜の街が、日曜の繁華街みたいにがやがや動いている。

男たちの幾人かは携帯無線を持っていた。スピーカーから命令口調のかすれ声が間歇的《かんけつ》に聞こえた。さっきの自転車男とバイク男がこちらに引き返してきて、ニタニタヘラヘラしながら、震えて歩く我々に伴走する。けれど、捕まえようとはしない。目で執拗になぶるだけだ。

　カメラマンの運転する車に飛び乗り、我々は一目散に逃げだした。それを待ち受けていたように、黒塗りの車が三台も追いかけてくる。どこまでも、どこまでも追いかけてくる。満月も追いかけてくる。

　中国の友人は、歯の根も合わなくなっていた。白い歯をガチガチと鳴らしつづけている。陸橋を越えた。畑を抜けた。タイヤが落ち葉をバチバチと踏みしだいた。

　あれは、蓮花河《リエンホアフー》だったか、通恵河《トンホイフー》だったか、運河の名前はもう覚えてはいない。ただ、凍てついたそこを車で渡る時に、私は横目に一瞬見たのだ。

　死んだ黒馬だった。運河の氷に横倒しになっていた。鼻面から尻にかけて、縦に一線、ばっさり切られたみたいに馬体の横半分が氷に埋まっていた。たくさん水を飲んだのだろう。そしてその水は胃袋で硬く凍っているのであろう。小山のようにぱんぱんに腫《は》れた蒼《あお》黒い横腹が満月にてかてかと光っていた。黒馬の目は月を見ていた。

　この話をフィクションだろうというならいうがいい。反逆する風景の細部を恐れず書きこめば、ノンフィクションだろうが、見た目、フィクションと大差なくなるからだ。景色の反逆をそれと気づきもせず、細部をすべて切って捨てて、退屈な意味だけ連ねたジャーナリズムは、ノンフィクションっぽい虚構にすぎないだけの話なのであり、どうだろう、活字の不意討ちを内心期待しているような多数の勇敢な読者の目には、煎じ詰めれば、それがルポルタージュか文学かなんて、秋刀魚《さんま》の缶詰の、包装紙の色のちがいほどにしか映らないのではないか。

月夜の運河で、黒馬はやはり横倒しに死んでいたのである。それは事実であり、同時に単独の事実を超えて他の事実を補強する、無意味にして大事ななにかなのだ。

それにしても、私が、意味に抗《あらが》う風景を最初に見たのはいつのことであろうか。多分、あの「自転車遅漕ぎ競走」というのを目撃した時ではないかと思うのだが……。

第二話

これまた、取るに足りないことなのだ。

そのようなものがいまもあるのかどうか知らないが、自転車遅漕ぎ競走を見たことがある。レースとは、ゴールにできるだけ早く到達することを競うのが普通なのに、自転車遅漕ぎ競走は、あたうかぎり遅く到着することを争うのである。

三十数年前だったと思う。所は、私の故郷の宮城県は石巻市の雲雀野《ひばりの》海岸近く。ドドーン、ドドーンという荒波が、いまも私の耳の奥に寄せては返している。そこの、市営競馬場跡地が会場であった。

風が海岸の砂を運び、走路が損なわれたためだったか、馬券を買う者が少なく採算がとれなかったためだったか、市営競馬はある日あっけなく廃止された。馬のいない、砂にまぶされ白々した競馬場跡地で、大人が自転車遅漕ぎ競走をする。なんだか奇妙で寂しかった。

町内会主催の運動会の一種目だったのかもしれない。他にどんな種目があったかは覚えていない。自転車遅漕ぎ競走の、それもある瞬間の風景と音だけを、私は眼球に焼きつけ、鼓膜に残している。

一様に瘦《や》せて頰骨の目立つ男たちが、変速ギアつきのスポーツタイプなど普及していない時代だったから、通勤用のごつい自転車のサドルに肉の薄い尻を載せてスタートラインに並んだ。

手ぬぐいでねじり鉢巻きしている八百屋のおやじがいる。腕まくりした、鼻眼鏡の高校教師がいる。下駄《げた》を履いた市役所の役人がいる。気どり屋で自意識過剰な私の父も、潮風で乱れる髪を片手で気障《きざ》に撫《な》であげつつ、くたびれた革靴の一方をペダルにかけて号砲を待っていた。どの男たちも、そうするのは大いなる矛盾なのだけれども、静脈がずきずき腫れてぶちんと破けそうなほど血相を変えていた。これからなすべきことは全力ダッシュではなく、遅漕ぎなのに、である。

パーンと号砲一発。思わず四、五メートル飛びだしてしまう男がいる。大方は前輪を右に左にくねらせて、たぎる全速前進の思いをどうにか抑え、進んではならぬ、進んではいけないと自分にいい聞かせながら、よろよろ漸進していった。男たちはなぜかみな怒り肩になり、その勇ましさと裏腹に、顔のほうはなんだかしょげかえったみたいに俯《うつむ》いて、足もとあたりに弱々しい視線を投げるのであった。

父ちゃんがんばれ、と甲高くかけ声をかけていた男たちの妻子の群れは、その声が父ちゃんのよろける体にぶち当たると自転車ごと横倒しになると気づきでもしたように、次第に口を噤《つぐ》み、息を詰めた。私が目を瞠《みは》ったのは、発走後十数秒ほどしてからだ。十四、五人の自転車遅漕ぎ男たちの全員が、ハンドルを右に、あるいは左に、上体を猫背に、あるいは前のめりにしたまま、一瞬、あろうことか、そろいもそろってぴたりと静止してしまったのである。

男たちのいる空間から慣性が消え、引力さえも失せたようだ。姿態凍結である。静止画像である。

応援の声もいまは消しゴムでこすり取られたようにまったく消えた。競馬場の走路にそれぞれの姿態で凍りついた男たちは、しかし、誓って画像などではなく、生身の実物なのだった。眼前で動作の静止が単に同時に起きただけなのだ、と証しているのは、明証の助けとしてはいかにも頼りない波の音、上空のピーヒョロロという鳶《とび》の声、濃い潮の香りだけなのだったけれども。

おそらくは数百万分の一ほどの確率にすぎまい、この偶然の集団同時静止を目撃して、子供の私が息をのみ、ぱちくりとまばたきをしたその途端に、ＯＮのスイッチでも押したみたいに静止はたちまち弛《ゆる》みほどけて、男たちは再びよろよろよろけて漸進した。

これは錯覚ではない。隣にいた妹も「さっき、みんなしてぴたっと止まったね」とつぶやいたのだから。

なんという偶然の刹那だろうか。目は、永遠と見紛《みまが》う刹那の風景に、その静止に射抜かれた。その時風景は、私にとって（以降の言葉は、長ずるにおよんで、風景の記憶に基づき、いわばとってつけたのだが）整合的意味が剝落した、ひどく無意味な、きまぐれな神意の表象とさえ思われた。そして、その時、風景に安易な意味の色づけをするのをどこかで怯《ひる》みためらう癖が私のなかに芽生えたのだと思う。風景によって目が薄く切りつけられたのかもしれない。

気どり屋の父は、じつは、その珍妙な競走のどん尻でやっとのことでゴールインし、つまり一位となって、「ビリで一着とはこれいかに」と懲《こ》りずに気どってみせたのだが、全体の風景を支配する意味とテーマがあるとして、それが、自転車遅漕ぎ競走における父親の優勝であるなどとは、私はその時正直実感しなかった。同時静止に打たれていたからだ。きまじめな書き手なら、こう意味的にまとめるかもしれない。貧しい集落の男たちがさんざ議論を重ねた末に考えついた、滑稽なほどにパラドキシカルな競技の、寂しくも牧歌的な風景なのだ、と。が、これも、なんだか冗漫で安手のキャプションみたいではないか。

このように無理な意味化はかえって風景の真意を裏切ることになる。風景のおもしろさを殺す。やはり、意味など明示する必要はない。淡々と細部を書けばいい。あの集団同時静止の不可思議な一瞬については、それが文全体の整合をいかに乱そうとも、必ず記述されなければならない……と、これは、長じて私がもの書きになってから考えた。だって、風景とは往々、我々が予断するようなひと連なりの意味としては姿を見せず、ひと連なりの意味の連環を断つ瞬間もあることを、私もあなたたち読者の目も、無意識にせよ、しばしば見ているのだから。

第三話

お次もまた、どうということのない話である。

ある一筋の道を汗を垂らして歩いている時に、はからずも、双頭《そうとう》の人間とすれちがったとする。この場合、その彼ないし彼女を呼び止めて、あなたはなぜ双頭なのですか、どこになにをしに行くのですか、あなたの目的地はあなたの双頭とどう関係があるのですか、などと尋ねる必要はあるであろうか。

幾分悩むけれど、私には、その必要はないように思われる。ただ、一筋の道を歩き、構成しようとしている、双頭とはまったく関係のない趣旨の文章のなかに、双頭の人とすれちがった事実を、意味をまじえず軽く埋めこみたい誘惑にはかられる。双頭とはなんの縁もない趣旨の文章は、双頭とはゆかりもないために、逆に双頭の人物と遭遇した事実をそれとなく盛られることによって、哀しく果てない万象の存在を措定した、より多層の文意を秘めることが可能となるのではないかと思うからだ。

この場合、双頭の人の出自も思想も詳述する必要はなかろう。双頭の彼か彼女は、私とすれちがっただけのことなのだから。問題は、双頭の特異をもって、すれちがった事実を、文全体の趣旨の都合から、なかったことにしてしまうことだ。新聞はよくそれをする。特異と異形《いぎょう》を紙面の都合上なかったことにしてしまう。風景は、そのような身勝手な消去に怒るのだ。しかし、私にもまた、生起したことを文章上消去した過誤がある。

緑濃い山中の道なき道を私は汗を垂らして歩いていた。

一九九三年の初春の、雨中であった。山の名はキタンラドという。フィリピン・ミンダナオ島のカガヤンデオロ市から南東に九十キロほどの位置に頂を雲に隠して聳《そび》えていた。登るにしたがい、四顧鬱蒼《しこうっそう》たる樹海になり、足もとの茂みもいよいよ湿りを帯びて密接する。

そこに四十数年前、残留日本兵が潜伏し、山裾《やますそ》の村民をハントしては、調理して食っていたという。かつての人肉食の、その現場を私は見にきたのだ。腰をおろせばたちまち十時間でも寝こんでしまいそうなほど私は疲れていた。骨も肉も心もくたくただった。

風景は一度ならず様相を変えた。

というのも、案内役の老人が、道すがら、人肉をじつはまちがえて自分も食ったことがあると告白したからだ。それに、分厚い皮膚のその老人が、残留日本兵は単に飢えをしのぐためにのみあれを食べたのではなく、うまかったから食いつづけたのではないか、としごく陽気な調子で私にほのめかしたからだ。桜肉の話でもするように。

日本兵を七人殺したことがあるとも老人はいった。殺すと、ナイフで顎を剔《く》りぬいて、その顎を小包にして妻のもとに送ったという。勇敢な夫であると妻に教えたかったから。

七つの顎。

顎というのはすぽんとうまく剔りぬけるものなのかしらん。それらの顎たちはすべて妻のもとに送られたのか。妻はどうしたのか。問いたいのに問わずに、私はただ聞いていた。老人が話すたびに、樹海はざわめき、羊歯《しだ》類は震え、樹肌《きはだ》はいとど黒ずんで、雨滴だか樹液だかわからない、まがまがしい水が私の顔をなま温かく打った。風景は荒れに荒れた。私はない力を振り絞り、老人の一顰一笑《いっぴんいっしょう》に、人の肉を食ったことの心の痕跡を探そうとしていた。

その時に私が立ちつくしていた底暗い樹海の色についても一応説明しておいたほうがいいだろう。

基本はむろん、濃い緑である。樹肌の褐色ないし黒、枝と枝のあわいの空の灰色。それに、老人の着衣の茶色、雨と汗に濡れた私のシャツの黒に近い灰色。でも、樹木以外のものが樹木と異なるどんな色をしていても、幾億枚もの葉の色に結局は染められて、私たちの顔も首も、緑に似た色ならぬ色を帯びていた。底なし沼か深海をさまよっている趣であった。

食いものとしての人の肉について、「まだ若い犬の肉の味」に似ていたと、老人は緑色のにじんだ頬を緩ませ、悪びれずつぶやいた。柔らかくてうまかった、という意味だ。

彼は、残留日本兵掃討作戦に加わっていた軍人時代に、日本兵が放置していった鍋のなかのそれを、腹が減っていたので、まちがえて食べたという。ほんとうに「まちがえて」だったのか、勇猛誇示ではなかったか、私は訝《いぶか》っていた。心なし、口ぶりにそれを食ったことの彼なりの得意がにじんでないでなかったから。そして、この老人の分厚い舌に四十数年前にじわりとしみた人の肉の美味が、その味こそが、老人に、残留日本兵はうまかったからあれを食いつづけていたのだと信じこませているのではないかと私は激しく疑った。

ともあれ、老人の太い指が、食人の現場をさし、あそこから連中を攻めたのだと、その指の方向を九十度ほどターンした時のことだ。樹海の奥の奥に、真っ赤なものが見えた。それは、最初はナナカマドの実みたいな赤い点として、次第に金魚、さらに緋鯉《ひごい》ほどの大きさになり、ついには赤い人の形になって、樹々を縫い、丈《たけ》に余る叢《くさむら》を漕いで、すたすたこちらに向かってくるではないか。

目も染まるほど真っ赤な背広を着た男なのであった。ホテルのドアマンの着るような、やたら派手に赤い、肩の張った背広。襟《えり》や胸のポケットの、まるで仮縫いみたいな、黒い糸の縁どりが、呆《あき》れるほど気障である。ただし、下は雑巾《ぞうきん》みたいに汚れた半ズボン、さらに下は裸足なのであった。

とっさに、人肉食の問題をうち捨てて、老人への幾多の疑問も忘れて、あんたはなぜ赤い背広を着てここを歩いているのだ、と私は問い詰めたい衝動にかられた。深海の底みたいなここに、爆発的な赤色がなければならない理由を知りたかった。息も詰まるほど絶望的な、人が人を食う話をしているその最中に、場ちがいもはなはだしい色と形が通過しなければならないわけを問いただしたかった。少なくとも、どこで、なんのために、赤い背広を手に入れたのか訊きたかった。

しかし、くりかえしになるが、おそらく風景とは、しばしば意味あるものとしては展開せず、時に意味世界の意表をやたらと無意味に突いてくるのだ。そのことに想到して、私は問うのをやめ、樹海に不気味に響きわたる声で爆笑した。すると、赤い背広の男はいったん立ち止まり、乾燥肉みたいな褐色の口もとをかすかに歪《ゆが》め、うろんな目つきで私と老人とを見比べたけれども、別して関心を抱くわけでなく、失敬なことには、通りすがりに一発軽く屁をこいて、それを特に詫《わ》びもせず、すたこら山を下りていった。見おろしていると、彼は再びナナカマドの実みたいな赤い点になり、やがて玉蜀黍《とうもろこし》畑の向こうに消えた。

それだけ。

彼は一体いかなる人物であったのだろう。山頂にある送電線保守要員の小屋に灯油でも運んだ帰りだったのではないか、と老人は推理した。そのような小銭稼ぎの半端《はんぱ》仕事もこの山にはあるのだ、と。私には、そんなことはどうでもよかった。問題は、あの背広であった。赤色だった。それは、幾重にも連なる謎めいた人肉食の暗色の風景全体に、一筋、からかうように赤い線を引いていった。


残留日本兵と老人の人肉食の話を後日、新聞用の文章にした際、目の先にまだあの赤い背広がちらついていたのに、私はそれを書きはしなかった。意識して、なかったことにした。全体の趣旨に整合しないと横柄にも考えたからだ。

ああ、それは、とんでもないまちがいであった。私は赤い背広の男の登場を、文意が乱れても、意識して書くべきだったのである。あの赤とすれちがったことを、それとなく描写すべきであった。趣旨に、意味に、文意に整合しないからこそ、数行なりとも盛りこまなければならなかったのだ。

私はなぜ、赤い背広の男を、あたかも双頭の人物が風景に含まれていなかったことにするように、あっさり消去してしまったのだろうか。

それは、どう謙虚を装っても権威の臭いの漂う既成の意味世界に、私自身もとらわれているからだ。それがどんなにささいな規模であれ、風景の反逆を描かず、気づかないふりをするのは、つまるところ、書き手が世界に反逆したくないからなのだ。意味を壊すのが怖いからだ。古くさい意味世界を守りたいのである。新聞とはそういうものだ。しかし、不整合のない風景は、字を費《つい》やせば費やすほど、そして整合して見えれば見えるほど、嘘である。ひどい嘘である。

四十数年後の食人の樹海は、憂鬱な濃緑色だけではなかった。赤が、じつに無意味に、線を引いていった。それに触れなかったことを、私は悔《く》いている。

初出＝「現代」一九九四年十一月号

オーブン

足跡ひとつない雪道に車を停めた。

通訳のSも女性ガイドのIも、眼前の寒々しい高層集合住宅群を横目にして、申しあわせたように、ここではどうしても車の外にでたくないのだという。それならひとりで行くしかないなとつぶやくと、二人は露骨にほっとした顔になって「気をつけて」と取ってつけたように声をかける。声の根っこが心なし弾んで浮いているようだ。どうやって気をつけりゃいいんだ、ばか、と腹のなかで応じ、私はむっとしてドアを開け、十五分で戻るとだけいい残して、灰色の棟のひとつに向かった。

紋白蝶《もんしろちょう》の群れみたいに雪がはらはら舞っている。初老のウクライナ人運転手だけが、通訳かガイドにおそらくは小銭でも握らされて、そうしろといわれたのだろう、ごほごほ咳《せき》をしながら私についてきた。

エレベーターは止まったままなので、えっちらおっちら階段を上るしかない。電灯も一九八六年以来すべて消えている。でっかい発電所が近くにあるというのにおかしなものだ。懐中電灯で照らすと、階段のステップというステップに灰が厚く積もっている。いや、これは灰ではない。ほこりだ。それに、海象《セイウチ》の臓物《ぞうもつ》みたいにクッションやらバネやらが表面から飛びでたソファーが、なぜか階段いっぱいに横倒しになっている。バリケードのようだが、そんなはずはない。誰かが運びだそうとして、中途で放棄したのだろうか。ズボンをかぎ裂きしないよう気をつかいソファーを乗り越えて四、五段上ったら、ぐしゃりと靴の底がなにかを踏んづけた。片腕が肩からもげたフランス人形だった。顔をほこりが覆っている。

壁が薄気味悪い。光を当てると、青とも灰色ともつかないペイントがいたるところ大きくべろりべろりと鮫《サメ》の皮を剝《は》いだふうにめくれていて、ひどくたちの悪い皮膚病みたいだ。ペイントの皮とコンクリートの壁の間からは、懐中電灯の光の輪の内側にだけ見えるのだが、さらさらとほこりが白く粉雪のように降っていた。さっき放射線測定器のスイッチを入れたら、たしか二・四五マイクロシーベルトあった。東京の三十倍以上だ。放射性のほこりが舞っているのだ。あわてて口を閉じ息を詰めたが、もう手遅れだろう。一発くしゃみをしたら、無人のこのアパート全体に音がびりびりとこだまするものだから、肝《きも》をつぶしてしまった。

七階あたりで、汗が噴きだしてきた。ほこりが肌に吸いついてきて不快である。眺めのいい階に早くたどりつきたい。私は誰も住まわぬ街というものの全景を一度見通してみたくなったのだ。ただそれだけのことだ。それだけのことなのに、いや、それだけのことだからだろうか、通訳とガイドは同行を渋った。車中には、なんだかただならないぬくもりと場違いなにおいがあった。男女が逢引している納屋《なや》のなかみたいな。だから私はどうしても降りたくなったのかもしれない。車を降りる寸前に、においが一段ときつくなっていることに気がついて一瞬胸が騒いだけれど、雪のなかで顔が冷えたらいったんすべてを忘れた。

通訳とガイドは車のなかで一体なにをしているのだろうか。あのデブの通訳のSは私がモスクワから連れてきたのだ。こんなところでなぜそのような必要があるのか問うてみたくなるほど派手な化粧の、ガイドのIは、現場に着いてから雇ったのだが、もともとモスクワの出身だった。両人ともロシア人だった。二人はこちらが阿呆《あほ》らしくなるほどの早さで意気投合し、揚げ句にウクライナ人をこばかにしては喜んでいる気配があった。いまは、いやらしいにおいと熱の充満した車のなかで私をばかにして笑ったり、互いに体を触りあったりしているのかもしれない。奇妙な嫉妬を殺して、私は階段を上った。運転手ができそこないのロボットみたいにのろのろついてくる。

　額の汗をぬぐい、九階の部屋に入った。これは居間であろう。しかし、なんということであろうか。強力な爆風が吹き抜けたのかと錯覚しそうな光景なのだ。三キロほど先にチェルノブイリ原発を望む窓は破れ、サイドボードの上の写真立てが床に転がり、絵皿が割れて床に散乱している。こんなところにあっていいのか、もとはキッチンに置かれていたのではないのか、錆《さ》びたサモワール（湯沸し器）が横倒しになっている。

　壁にあったと思われる鏡も絨緞《じゅうたん》の上に割れ散らばり、弱々しい光を放っている。その光の意外な鈍さを気にして、異常な放射線のせいなのではないかと訝《いぶか》る私を、声なく私は笑う。LPレコードがむきだしのまま二、三枚床に放置されてある。それらに、呆れるほど大きな靴の足跡がついている。うち一枚がショスタコビッチ作曲であることはやっと読めたが、曲名がわからない。なんとはなしオラトリオ「森の歌」かしらんと当て推量する。

　それにしても、全体なにがこの部屋で起きたのだろう。八六年四月の事故では約一億キューリーという途方もない量の放射性物質が四号炉から大気中に噴きあげられたが、このプリピャチの集合住宅群に爆風が襲来したなどという記録はない。どうも事故とは別種の、人外《にんがい》といおうか不埒《ふらち》といおうか、底暗い人の仕業である気がするのだ。略奪か。泥棒か。

　事故後、五万人の原発労働者らは一人残らずここから退避し、プリピャチは死の町になった。立入禁止のここに、単に無知から放射能を恐れないか、もしくは被曝《ひばく》の恐怖よりも物欲の勝る、誰か相当人数の者たちが何度も入りこんでは、残された金目のものを盗んでいったのかもしれない。

運転手の革の手袋の指が、割れた窓近くの床をさしている。小鳥の、まだ新しい骸《むくろ》であった。凍えて死んだのか、怪しい空気を吸って死んだのか。小石みたいに硬くなっていた。私はベランダに立った。汗が乾かぬまま、たちまち冷水になって体をそろそろと伝っていった。

鈍色《にびいろ》の空の下に、雪に覆われた無人の街が、音も色も消されて広がっている。死んだ電線がたわんで、幾筋も意味もなく空中を走っている。遠くに病んだ森が雪にかすみ、どす黒く帯状に延びている。この部屋の主は、病む前のあの森を見て、ショスタコビッチを聴いたのかもしれない。もっと遥かの、あの空よりもっと濃い、ずんぐりとした灰色の塊《かたまり》がたぶん原発であろう。雪に隠れて形はおぼろだ。でも、四号炉は罅《ひび》割れたコンクリートの棺のなかで、いまも死なずに熱しているはずだ。

視線を手前に移す。建物の谷間に小公園がある。黄色い輪が半分だけ見えた。半円の軌跡だけが、懐かしく暖かな色らしい色だった。それは、残る半円を建物の陰に隠した、静止した小さな観覧車であった。死んだまま長くじっと立ちつくしているのだ。ゴンドラの屋根に雪が積もっている。

視線をさらに手前に移動する。旧ソ連製の黒い乗用車がある。私が乗っていた車だ。不意に助手席のドアが開いた。Ｉのピンク色のスパッツの脚が先に、雪道にひょいと投げだされ、後から毛皮の上体とブロンドが放射能漂う大気にさらされた。あれあれと思う間に、デブのＳがふんぞりかえっているはずの後部座席のドアがなかから開き、Ｉがそこにするりと今度は頭から潜りこんでいった。

ドアが閉じられた。こちらは九階のベランダなのに、Ｉの輸入香水が一瞬きつく鼻を撃ってきたので、私はたじろぎ手すりを握った。車のなかの暗がりに火が入り、ガスオーブンみたいに、そこだけがひどく熱くなるのだろうな、と私は車の屋根を見おろしながら思い、こちらの寒さに気づいて胴震いした。

車のなかでは明らかに不逞《ふてい》なものが燃えさかっているのだった。私にはそれとチェルノブイリ原発の事故との関係がどんなものかわからなかった。ありていにいえば、これからおっぱじまるかもしれないカーセックスと放射能の関係性が。関係なんてなにもないのかもしれなかった。ただ、周囲の放射能が車のなかのことをいやましに熱くしているのだと思われた。少なくもベランダからの寥々《りょうりょう》として寒い眺めのなかには、二つの異なった極が、どちらも負けずにじゅくじゅくと音たてて熱しているのだった。

車は遠目にかすかに揺れているように見えた。Iの夫である物理学かなにかの研究者は彼女より十五も年上で、モスクワにいるということだった。十五も上なのよ、とIはくりかえし、とにかく何ヵ月も会っていないのよ、と私にでなく、Sの丸顔をのぞきこむようにして強調する。そんなことをIは、四号炉のすぐ前で、未曾有《みぞう》の事故より一万倍も大事なことのように、問われもしてないのに話した。いつも彼女が仕事をしている原発三十キロ圏から外にでて、たまさかきれいな空気を吸うと「きれいすぎてかえって頭痛がするのよ」とも気どっていってみせる。自棄にまみれた、下手な冗談ではあった。モスクワに妻を待たせているSは、まあまあいいやつなのだが、のべつ助平だし、一万ドル払うから事故炉の前で裸踊りしないかと申し向けたら本気でやりかねないほど、科学よりはよほどお金に関心があった。IとSが汗かきかきでかい体をこすりあわせているだろう車を見おろして、私は底意地悪く声にしていってやった。おうおう、やれよ、盛大にやれよ。

私は得体《えたい》のしれないほこりを山ほど浴びてゆっくり階段をおりた。車のなかの進行の塩梅《あんばい》を考えては、別にそうする必要もないのに、ステップを踏むリズムを緩めたり、立ちどまって気息を整えたりした。運転手がごほごほ咳をしながらついてくる。

アパートをでると、なぜこんなにも高く伸びるのか、身の丈に余る枯れたセイタカアワダチソウが風にざわざわと揺れていた。雪道に黒いドットを打ったように車が後ろ向きにとまっている。ドットは上下に揺れているようだった。

震えがくるほど寒いから早く車に近づきたい。けれど、脚の運びを抑えに抑えた。雪がさくさく鳴いた。リアウインドーが、なかの熱気で白く曇っている。車が膨《ふく》らむほど湯気《ゆげ》が充満しているのだろう。それでもSの栗毛の頭とIのブロンドがぴたりと重なっているように見える。もう汗みどろだろうな。近づく。近づく。側面の窓も白く曇っていた。私は歩をとめた。いきなりドアを開けたら、外の放射能に車のなかの法外な熱が作用して、ドカーンといきなり大爆発が起きる気がしたのだ。

だから、私は雪道に立ちつくしていた。

初出＝「本」一九九五年二月号

達人を見た

　バングラデシュ南端のコックスバザールから首都ダッカに向かうオンボロ列車に乗ろうとした時のことだ。駅の跨線橋《こせんきょう》を上っていると、足もとを不意にかすめていったものがあり、びくりとした。刹那、不審な影と見えたそれは、かすめた私の臑《すね》のあたりにはっきりと感じさせるほどのひどい熱を帯びており、汗のにおいをきつく放っていた。熱い影は、俯《うつぶ》せて疾駆するなにかの生き物なのであり、黒い犬のようでもあった。

　よく見ればしかし、それは人間なのであった。どうしたことか、両手、両足がない。からくもそこまでは残している褐色の肘と膝との、酷使されて肉や骨ごと瘤《こぶ》状となった先に、泥だらけの三角巾といおうかクッションといおうか、ともかくそのような布を当てて、直立歩行者の群れよりもよほど素早くするすると階段をはい上っていくのであった。

　追いかけた。なぜかは知らず、追いかけた。

追いつかない。林立するいくつもの脚の間を、彼はじつに巧みに、はい縫い進むのである。人を突き飛ばすようにしてむきになって走って、やっとのことで私は追いついた。

彼は黄色い歯をむきだしていた。口の端に泡が浮いていた。眼球は激しく血走っていて、いまにも火を噴きだしそうだ。老けてはいなかった。肌の具合からして三十四、五歳か。空気も焼け焦げるほど切迫した生の意志もあらわに、一ミリでも前方へ前方へ進もうとして、顎と舌とをあたう限りに突きだしていた。

健常者のお情けなど、いまだかつて乞いも期待も夢見もしたことのない、慈愛の存在など信じも幻想もしたことのない、ただ己の生存をのみひたぶるに求めるほかない人の貌《ぼう》とは、こうなのであるとこの目でいったんは確かめて、土ぼこりにまみれ纏《もつ》れた髪の毛の一筋一筋まで胸の記憶箱におさめた気になり、私は粛然《しゅくぜん》として立ちつくした。

バングラデシュでは普通の、といわないまでも、とりたてて珍しくはない風景である。座席つきの三輪車をペダルを漕いで引っぱって走るリキシャの運転手が、片方の足のないのにもかかわらず、他のリキシャに速度でも持久力でも嘘八百並べた客引きの巧みさでも負けないタフな達人であったりもする。でなければ生きてはいけない不利な条件を持たされた人々が、世界にはあまたいるのだから、たまたまそうではない己の幸せをしみじみと噛みしめよ、と私は思わない。教訓めいた感傷など、この強靱きわまりない風景にかかっては一発で粉砕されてしまうだろうから。ただ、生きとし生けるものの、その生きざまの幅の無限に舌を巻く。悲嘆や絶望という選択肢さえ許されない、生き忍ぶことの究極の達人たちが、別段称《たた》えられもせず、私たちと同じ時空で、その日その日の命をしごく当然のように紡《つむ》いでいることに、その単純な事実に、やわな心がなぎ倒された。

と、ここまでいわば整然と風景の意味を考えた時に、跨線橋の彼は、ほとんど倒立といってていいほどの姿勢をとり、頭から先にまったく遅滞なく、滑るように階段をはいおりていったのだけれども、黒ずんだ森のような人の群れの脚の根かたに、俯せた熱い影を消しさるまさにその数秒前に、彼がやってのけたひとつのことに、私はあっと呆れ返るしかなかったのだった。

つまらぬ動作であった。なかったことにしてもいい、そのほうが、私が風景に施《ほどこ》した意味全般にとってよほど都合のいい、ささいなアクションであった。

彼は、振り返ったのであった。

はいおりる姿勢のまま、首だけぐいと捩《よじ》って、筋肉のごりっと張った肩越しに振り返ってみせた。私に、である。そして、露出していた舌を、ばーか、あの顔は芝居だったんだよといわんばかりに根もとまで突きだしてみせてから、今度はひょいと引っこめて、頬と口と、そして案外に涼しげな目もとでニタリと、どちらかといえば品よく笑ったのであった。むろん、私に対して、である。顔に意味の不分明な狎昵《こうじつ》の色も浮かんでいた、と思う。限りなくなにかを語っているようでいて、限りなくなにも語っていない所作。あるいはその逆。

見つめていた私への、あれは、彼なりの会釈《えしゃく》だったのであろうか。わからない。私としては、むしろ、彼のいる風景の私による意味化を、彼自身によって嗤《わら》われたと受けとめ、そのように粋《いき》な自己破壊をする風景の構成者というのもこの世には存在するのだと思って、総毛《そうけ》立ったのであった。そして、風景にいったんは張りつけた意味が音もなく飛び散り、耳の奥に、涸れ井戸の底からわくような、彼の嗤笑《ししょう》の声を聞いた気がした。

すげえ達人もいるものだとため息をついた。

初出＝「ＨＩＧＨ　ＰＥＲＦＥＣＴ高2クラス」一九九四年九月号を大幅改稿

II

増殖する記憶

飢渇のなかの聖なる顔

顔のことを書いてみる。

私の体には、じつは、他人の顔が二つ埋まっている。二つとも、とても美しい女の顔である。おりふし胸のあたりにその顔は鮮やかに浮かぶのだけれども、ひどく美しい分だけ、私自身を醜く、罪深く際だたせては、痛く自責させる。追い払いたくもあり、持ちつづけていたくもある顔。そのことを、なんとか上手に説明したい。できるだろうか。顔が埋めこまれるにいたった経緯から話さなければならない。

旅の途次であった。

私がここを去ったら、眼前に細々と点《とも》る、この人の命の火は、まるで最初からなかったもののように、ほどなく、ぱっと消えるのであろう。そのように思い悲しみためらいながら、死に近づきつつある女の座す風景から、しょうことなしにわが身を脱するというのは、人としていかにも卑怯であるように思われて、まことにつらいものだ。女の顔はそうした場所のなかにあって、なにごとか主張するわけでも、腰の引けた私をなじるわけでもなく、ただひたすらに死の時のためのまなざしを整えていた。

逃げるように私はその場に背を向け、去った。それから、いわゆる健常者のみの、眩《まばゆ》いばかりに元気な風景のただなかに立っても、女のいる光景は痣《あざ》のように胸に焼きついてあり、私が置き去りにした、死にゆく者の痩せこけた顔は、不思議なことに、うつせみの俗な輪郭に似せた、高貴な行者《ぎょうじゃ》あるいは神に限りなく近づいた者の顔として、必ずや私の目のなかの消えない残像となった。

異なった場所で右のような経験を二度した。二度目も女であった。つまり、死に近づいている女を、私は二度も放置して旅をつづけたのである。必然、風景は心に尾を引く。そうしていつしか、私のなかに、少なくとも二つの、聖なる顔の残像が埋めこまれたのだ。

いまはすでに天国へと逝ったにちがいない残像の主たちは、私が一九九三年の夏に東アフリカで会った、いずれもうら若い女である。一人はソマリアの首都モガディシオにいた避難民ファルヒア・アハメド・ユスフ、十四歳。もう一人はウガンダのエイズ患者、ナサカ、二十二歳。奇跡でもなんでもいい、生きていてくれと私はむろん願う。それ以上に、二人とも、もうとっくに黄泉《よみ》に行き着いているだろうという悲しい確信に私の胸は絞りあげられる。

ファルヒアとナサカの顔を体内深くに埋めこまれたまま、私は長旅を終えて帰国した。東京の浮かれ拍子と喧騒が、体のなかの残像をグラインダーみたいにこそげてしまったのか、あるいは酒が洗い流したのかはわからない。顔たちは二つともいっときするりと消えたかに思われた。そのことを私はさほど意識もせずに、旅が終わり、旅に取り残されたことだけを悔やみ、連夜痛飲しては蹌踉《そうろう》と東京の街をさまよい歩いた。

が、数日したら結局、昏倒《こんとう》するほどの酩酊の果てに、ファルヒアとナサカの顔は蜃気楼《しんきろう》のように、最初は形を崩して立ちのぼり、やがては、まなうらに、くすんだ紫檀《したん》の色を配し、死を約束された者のみが備える高貴な顔の輪郭をして二つながらくっきりと浮かんできた。飲み屋のカウンターにつっ伏して、私は再び彼女たちと対面したのだった。旅すがらに千回はすでに考えた、彼女たちの死の意味と卑怯な私について、いまひとたび思いをめぐらせた。

『もの食う人びと』というタイトルの新聞連載の取材、執筆のために、私は一九九二年の暮れから長く世界を旅していた。どちらかといえば、よく食えている人より、食うに困っている人々と多く会い、彼ら彼女らといっしょに同じものを食べながら、その人たちの日々のドラマを聞いて歩いた。インド亜大陸、東南アジア、東西欧州と旅して、パリからナイロビに飛び、国連機でソマリアの首都モガディシオに入った。

内戦と凶作で九二年にソマリアでは二百万人が餓死寸前まで追いこまれている。私が訪れた九三年夏の時点でも、飢餓の後遺症は歴然としており、地方から首都に逃れてきた骨と皮ばかりに痩せた避難民たちが学校や役所などの公的施設にあふれかえっていた。空には第二次国連ソマリア活動（ＵＮＯＳＯＭ２）を主導していた米軍の攻撃用ヘリコプターが舞い、地には戦車、装甲車が行き交い、夜には反米ゲリラとＵＮＯＳＯＭ２傘下の外国軍部隊との間で絶えず戦闘がくりかえされた。住民も避難民も空きっ腹を抱えておびえて暮らしていた。そんな時私はファルヒアに会った。いや、あれで「会った」などといっていいものかどうか……。

彼女は避難民収容施設となっていた首都の工科大学の二階か三階の教室にしゃがみこんでいたのだ。一目見て、これは人ではなく「枯れ枝」だな、と私は思った。飢えのために枯れ枝と化した人間なら、それ以前に何度も、私自身無感覚になるほど目にしてはいた。それらの枯れ枝人間たちは、少しも身じろがずとも、目だけは私を射てなにごとか強く懇願したものだ。だが、ファルヒアは違っていた。声をかけようが眼前に立とうが、私を見ようともしない。右手の甲を左の頰に当てたポーズで、凍てついた影のように静止している。

余談だが、罪深いことを百も承知で、後日、この姿勢を私は宿舎の鏡の前で真似てみた。しゃがみこみ、視線は一点のみに固定して、右手の甲を左の頰に当てて微動だにしない。この姿勢の意味するものを、深夜に目がさめたら、どうしても知りたくなったからだ。はっとした。これは拒否である。ないし、いままさに迫りくるものへの恐怖に凍えて、発声も身動きもならぬ姿勢ではないか。ファルヒアはここに逃げてくるまでに、いったいなにを見たのか。

ともあれ、彼女は私を見ない。問うても答えない。キスマユという地方からいっしょに逃げてきたという中年女がかわりに答えるのだ。

「もう、声も涙もでないんだよ、この娘は。いまは食いものもあるというのに、ちっとも食えないんだよ。あと何日ももたない。もうすぐ楽になるわけさ」

ファルヒアの名前も歳も、その中年女が答えたのだ。栄養失調が先か、結核が先に襲ったのかわからないが、両方に手ひどくやられているという。

避難民たちは、草の葉、木の根、果ては飢えて死んだラクダの皮までしゃぶり、多数の餓死者を泣く泣く見捨てて首都までたどりついている。いったんは生き延びても、長期の飢えの経験は、その後にかりにたらふく食っても、致命的ボディーブローのように、後々までたたる。ファルヒアの場合、モガディシオに行き着いたものの、すでにして食欲さえ失っていたらしい。

恐怖に腰を抜かしたみたいな姿勢のまま、立てない。時々、力のない咳をする。飼い猫のトイレみたいに土を入れた器に、ほとんど音もなく排泄する。十四歳だというのに、三十以上に見える。しかし、美しい。観世音菩薩《かんぜおんぼさつ》のように美しいと私は思った。

彼女は、この世のありとある苦しみを、他人の分まですべて一身に負うた目をしたまま、死に呼びこまれつつあった。それは大慈大悲《だいじだいひ》で苦海《くかい》の衆生《しゅじょう》を済度《さいど》する、どこまでも澄《す》んだ聖なる目である。

褐色の広い額に蠅《はえ》が二匹とまっている。足もとの、排泄物から飛んできたのだ。蠅がまつげを這《は》う。ファルヒアは、それが義務であるかのように、まばたきもしない。

三度、私は彼女のもとに通った。

その菩薩の目は、しかし、一度も私を見ることはなく、私の背中の向こうの苦海を凝視していた。苦海に私はなく、人の苦しみをただ傍観し、記述するだけの人でなしであるから、彼女は目をやることすら拒否しているのだと私は思い、それはけだし正しいと納得したものだ。

その時、なぜだろう、ここに世界の中心があると確信した。飢えの末に、一片のニュースにもならず、出自も十四年の道程も、世界の誰にも知られることなく、墓も墓銘もなく死のうとしているファルヒア。ただ飢えの末に死ぬるためだけに存在しているファルヒア。そう、ただ飢えの末に死ぬるためにだけ生きてきた、この娘こそが世界の密《ひそ》やかな中心でなければならないと私は信じ、私を見ることをあくまでも拒否するファルヒアに向かい合掌したのだった。

そして、UNOSOM2にあまたいる軍医かボランティアの医療関係者を彼女のために呼ぶ努力もせず（ファルヒアのように死に瀕《ひん》した者は当時たくさんいたから、頼んでも絶対に来てはくれなかったと思うが、言い訳にしかならぬ）、じつにじつにただの傍観者として、その場を無責任にあとにした。彼女の顔を体に埋めこんでしまったのは、私の意思ならぬ意思か、恥辱の証《あかし》だったのかもしれない。

二つ目の顔はウガンダにあった。

総人口の少なくも九パーセントがエイズに感染しているというこの国で、患者らはなにを食べ、なにを考えているのか。それを書くために、私は赤道を越えて、感染者が特に多い（推定で二〇パーセント以上）南西部のマサカ地域を訪れた。

人口八十三万人のこの地域では、なんと十二万人の子供が両親か片親をこの病で失っていた。たくさんの感染者、発症患者と会った。彼らの常食はマトケである。プランティン・バナナを葉で包んで蒸し、マッシュしてエンバ（ソース）につけて手で食べる。ないしは、サツマイモみたいな塊根《かいこん》を焼いて食う、キャッサバ。基礎体力はないし、貧しくて栄養価の高いものを食べることができないから、欧米のエイズ患者より二倍も早く死期を迎えてしまうのだと現地で教えられた。

死ぬと、多くは木の皮に包まれ、バナナ畑に埋められる。バナナの肥やしになる。私は精製の悪い黒ずんだ砂糖と石鹸と安ものの毛布を担いで、土中の仏たちを踏み踏み、一面のバナナ畑を漕いで歩き、患者の家にそれらを配っては話を聞いた。

キボナ村でのできごとだ。エイズ孤児の面倒をみている比較的にお金のある農民の家で休憩をとった際に、私は近所の患者を呼んでもらった。そのあたりでは高価で手に入りにくいミルクとパンがその家にはあったし、マトケをこしらえるというので、私がお金を払い、患者にふるまおうと思ったのだ。

患者だらけのその寒村では、たまさかに訪れる外国人は救世主を意味する。患者や孤児らのためになにがしか助けになることをしてくれると信じられているからだ。だから村民は外国人たる私の提案になんの疑いもなく従った。

やがて子供たちに支えられて、ナサカという女がやってきた。彼女は立っているのもやっとなほど病に蝕まれていた。私は提案をひどく悔いた。動かしてはいけなかったのだ。しかし私はいっしょにミルクを飲み、パンを食べながら取材した。

お金がないので病院には一度も行ったことがない。母親が村の「魔法使い」のところに行き、薬草をもらってきては煎じて飲んでいるがあまり効かない。そんな話を興味深く聞きながら、私はナサカが余命いくばくもない人であることを忘れた。彼女は何度も息を切らし、咳こんだ。人を真実思いやるのでなく、なにか聞きだすことをすべてに優先させている自分に気がついたのは大分時を経てからのことだ。

私は村の一本道を送って行った。よろける彼女の腕を取ったら、それはまるで針金だった。肩を支えたら、さながら紙みたいに軽いのだった。

ナサカは、泥とわらの家の奥の裸電球一つない薄暗がりに、音もなく身を横たえた。頭を隠していた布地がずり落ちて、髪も眉毛も抜け落ちた顔が私を見上げた。塗りの剝《は》げた阿弥陀如来《あみだにょらい》の顔であった。ほんのかすかに微笑んだようだ。まなざしが限りなく優しかった。紫檀色の輪郭が暗がりに溶け崩れてはいたけれども、息をのむほどに美しい顔であった。

たとえ、泣かれてもすがられても、次の仕事のためにくびすを返す、どうにも罪深い自分を私は知っていた。しかし彼女は泣きもすがりもしなかった。ナサカは澄んだ目だけで私を見送り、私は私で片づかぬ思いで一本道を引き返しつつ、体のなかに顔がもう一つ埋めこまれてしまったことを感じた。

二つの聖なる顔は、いまは東京にいる私の胸にのべつ浮かびでてくるわけではない。普段は深く体のなかに沈み潜んでいる。でも、たとえば、こんな時に、私はファルヒアとナサカの顔を鮮やかに思い浮かべる。こんな時……テレビの大食い競争の番組を見たり、街のレストランで同じ趣向の競争にでくわしたりした時だ。

奇妙である。お菓子やラーメンやホットドッグを胃袋がはち切れんばかりに食らう日本人の顔に、私はいまわの際の、しかし必ずしも聖ならざる苦悶を見る。飽食の土台に好きこのんで虚構の飢渇をこしらえて、さらには大食を競って苦しむ。不思議きわまりない。いまはたらふく食えるこの国には、途方もない精神の飢餓が広がっているからであろうか。

それにしても、臨界点を超えた大食の、あの苦悶の顔は、豊かな食になお飽き足らず、快楽《けらく》の先の先の、もっと大きな快楽を探しあぐねた末に、みずから死に赴くもののそれであることはまちがいない。だから、逆にほんものの飢渇と欠如の果てに、死の側から呼びこまれてしまったファルヒアやナサカの聖なる顔とは似て非なる苦痛に歪むのであろう。

飽食の顔は決して美しくはない。頬のたるみに精神の弛緩《しかん》と傲慢が見え隠れする。その顔に、旅を終えてモノに溢《あふ》れる東京に舞い戻った私の顔が少しずつ近づきつつある。あれだけの奈落を目にし、あれだけの呻《うめ》きを耳にしてきたはずの私を、最近私はしばしば夜半に目覚めて鏡に見る。鏡のなかのそれは、しかし、なにも目にせず耳にもしなかった男の、ただの満腹顔である。死に瀕した者たちを前になにもせず、得々とものを書いてきた男の、なにも刻んでいない顔である。

体に埋めこんだ二つの聖なる顔を、私は満腹時のおくびとともにうっかり吐きだしてしまったのだろうか。ではないと思いたい。自責は、薄れても、いまもつづいているから。

初出＝「生きる」一九九四年八月号

星を見る顔

黄昏時《たそがれどき》に、私はバナナ畑を漕ぐようにして歩いていた。

歩を進めるたびに、地面近く仰向《あおむ》いたたくさんの顔を、靴の底でぐしゃりぐしゃりと踏みつぶしている気がした。できればそんなことはしたくない。でも、大股にしてひとつの顔をえいやと跨《また》ぐにしても、跨ぐ先にも黒い人体が仰向いているだろうから、送りだした足もまた別の男や女の鼻やら額やらをしょうことなしに踏んづけているという申しわけのない心地《ここち》がする。罪深いなどと自分を責める余裕もない。暮れなずむ遠くの空を、野火が小さくオレンジ色に焦がしている。溶暗《ようあん》のさなか、ざわざわと騒ぐこの無辺際なバナナ畑を越えて、人なんか埋められていないところへただ逃げていきたい一心なのだった。

場所はウガンダのマサカ地域である。そのあたりにはおびただしい数のエイズ感染者が、別に医者にかかるでも、泣き叫ぶでもなく住んでいて、亡くなれば次々に木の皮に包まれ、バナナ畑のすき間に土葬されるのだった。

死を間近にした患者にも私は会った。ああ、この人もバナナ畑の肥やしになるんだなあと私は思った。不気味というのではない。逆になんだか、もの凄い美に射すくめられた心持ちであったのだ。

美は死にゆく者たちの顔という顔に発していた。漆黒のそれらは、死ねば、畑のそここに土中浅く仰向かされる。ならば顔たちは、日が没すると、いやに澄んだ目を一斉にかっと見開いて、土越し、バナナの葉越しに、満天の星を見ようとするのではないか。怪しいその美が、ここではあながち夢でも幻でもないことにはっと思いいたって、私は慄然《りつぜん》とし、逃げだしたくなったのだった。

私には立つ瀬がない。黒い顔は土中にいくらでも埋もれているし、星々もバナナの葉先ほど近くにいくらでもあるのだから。

しかし、なぜ顔なのか。手でも脚でも尻でもなく、なぜ顔に憑《つ》かれるのか。

キボナ村で私はナサカという二十二歳の娘と会った。きれいな面だちをしていた。だが、彼女は相当に発症していた。黒褐色の顔が古紙みたいに乾いて艶《つや》を失い、ところどころ瘡《かさ》蓋《ぶた》がはがれかかって皮膚からぶらさがっている。二個の眸子《ぼうし》だけが燐《りん》みたいに青白く、か弱く光っていた。

この顔の写真が、日本の新聞紙面に耐え得るか私は計算していた。本社の編集者から狭量な不快でなく、きままな憐憫《れんびん》を引きだせるか、どうか。

痩せ衰えてとてもおとなしいその娘は、最初、一個の病んだ実在というより、他の無数の黒人と同様に、とことわの黒い仮象のように思われた。私には他人の顔をそのように見る癖がある。広角レンズで、たくさんの対象をひとかたまりにして見る癖である。あるいは望遠レンズで一個の顔だけ引っぱって、ためつすがめつ抽象する癖。

私と彼女の間には、温かなミルクとパンがあった。黒い仮象は白いミルクを音立てず飲んだ。すると目の燐光が仄《ほの》かに揺れた。はがれかかった顔の瘡蓋は肌のようには黒くないのであり、カンパラのホテルの朝食で膝に落としたクロワッサンの薄皮のようにも見えた。泥壁の家の外でバナナ畑がざぶざぶと風に波打っていた。

使者がいた。蠅だ。通訳を介する言葉はあまり大した使者にはならなかった。イエバエかニクバエか知らぬが、光沢《こうたく》のある蠅が四、五匹使者となり、彼女から私に、私から彼女に、濡れたミルクカップの口を経由したりしなかったりして、せわしなく往き来するのであった。

ナサカは蠅を追わなかった。追う力もない。蠅は彼女の病など媒介しはしないのだけれど、私は追い払いたかった。けれど、追えば彼女が傷つくかもしれないと思いとどまり、追いたくても追わない、じつは薄汚い心底が彼女にばれやしないか気にもして、いっそ追おうかと勇んではまた萎《な》える恐慌を情けなくくりかえした。

蠅たちは彼女の眠そうなまぶたにとまった。

針金みたいな腕にとまった。

熱を帯びた紫色の唇にも着陸した。

瘡蓋にも着地して瘡蓋ごとずれてあわてて離陸し、私の唇に飛んできもした。

やがて私は気がついた。蠅のやつがナサカの顔から飛来して私の顔にとまると、鋭い足の先端が私の肌深くに食いこんだかと思えるほど鮮やかに痛く感じるのだ。ほんとうに痛い。それに、蠅の体がずしりとやけに重くもなる。腕や手の甲や肩から来るやつはさほどには感じないのに。

蠅により、顔と顔が原寸大に媒介されたのかもしれない。そう考えた途端、ナサカの小さな顔が、それを仮象化して見ていたセロファン膜みたいな私の偏見をばりりと突き破り、傷《いた》み崩れかかった肉と皮とでできた人の顔として私の前に立ち現れた。顔が、表象としてでなく、病に損なわれた醜く美しい、ナサカという個の実体となった。

おそらく私の目の画角が、その時、蠅によって変えられたのだ。広角化し望遠化した私の目玉と眼前の他者の顔の実体を、実体としての蠅はどうしたって媒介できない。アフリ力のこれらの蠅たちは、飛来し飛去するくりかえしのうちに、私の目玉の画角を四十五度から五十五度ぐらいに徐々に人並みに標準化したのであろう。

広角化し望遠化していた私の目玉は、私やあなたの意味体系にそれなりに整合する意味を求めていた。つまり、ナサカにウガンダのエイズ患者全体を象徴させようと企んでいたのである。蠅がそれを妨《さまた》げた。彼女と私の目玉の画角をほぼ同じにさせ、彼女の傷口に触れた足を私の唇に触れて狼狽《ろうばい》させることにより、偉そうな意味化を邪魔したのだ。

そこまで縷々《るる》考えてから、蠅たちを今度こそ私は委細構わず手で追い払った。

蠅はいったん飛去し、再びしつこく飛来するのだった。彼女はそれには目をやらず、テーブルにこぼれたパン屑《くず》やみずからの瘡蓋を、指先でいっしょくたに集めてから、大儀そうに土間にぽろぽろと落とした。意味もぽろぽろ剝落したように私は感じた。

それにしても、なぜ顔なのか。

それは多分、目玉が埋まっているからなのだ。目玉がなければこうも顔に憑かれたりはしない。私が見る、という偏《へん》方向の関係がじつは成りたたないからだ。見る私の顔は、別の意味体系の顔からしばしば冷たく無視されたり、しげしげと見られたりするからだ。

旅路で人の群れを見ると、私はまるで千頭のカッショクハイエナの集会にはからずも遭遇した一頭のブチハイエナのような心持ちになる。目を瞬時に広角にして、参集したハイエナたちの顔から私に敵対する種類か無害かをはかり、次に望遠にして、指導者のどでかい顔つきから集会の意味と趣旨をさぐろうとする。

でも、広角の風景も望遠のそれも派手だけれども、所詮《しょせん》は恣意的眺めなのであり、私は予《あらかじ》め当方に見合う意味を心のうちに整えていたりするのである。カッショクハイエナは不潔で、特有の病気に蝕まれており、同時代の文化を共有せず、お人好《ひとよ》しではあるけれど、時に暴力的で油断がならない……といった、私にすでに巣くっているの結論をやつらの表情から導こうとしたりする。そのように、整合する意味だけ追うから狼狽も驚きもなく、正確ですらない。

それなら、目の画角は、素人《しろうと》ぽくて地味でも、標準のほうがいい。蝿たちにそのことを知らされた。それに、標準レンズの風景のほうが往々、意味を排して狂気じみるところがいい。

ナサカは今ごろ、バナナ畑の土中に仰向いて、降るような星を眺めているだろう。それは意味でありうるよりも感傷でありうるよりも、深い美でありうる。

初出＝「新潮」一九九五年二月号「フローレンスの病んだ顔」を改題

へちま

へちまというのはそぞろに空しい。

浄瑠璃の「恩も礼儀も忠孝も死ぬる身にはへちまの皮」となると、空しさを超えて、もう身も蓋《ふた》もない。漢字は「糸瓜」ないし「天糸瓜」だから、見た目には空しいどころか美しいぐらいのものだが、ひとたび発音すれば、関節でも外れたような脱力感をもたらすのはなぜだろう。

へちまという言葉は、けれども、使用法によっては、なかなかにパンチもあるのだ。

私より十五年は長く生きている会社の役員が嘆くのを聞いたことがある。愛だの恋だのへちまだのといいおって。春闘だの賃上げだのへちまだのと冗談じゃないよ。……これは、いわゆる、へちま文である。打ち消したい事実や行為、主張を指す名詞の羅列の最後に、へちま、この一語を、さりげなく配するのである。文法上、へちまはへちまにいたる名詞群のいずれとも同格になる。つまり、愛、賃上げは、へちまと同質、同重量で語られることにより、空洞化され、へちま化されて、手もなく、そして品もなく屠《ほふ》られてしまうのである。へちま文をお試しになるといい。痛快である。ただし、聞く側にはいささか下品と受けとられるのを覚悟しなければならない。

思えば、へちまは哀しい。古来、つまらぬことの譬《たと》えとされ、甚だしくは、意味の一切が陥没したものの象徴とされるなんて。ウリ科の蔓《つる》性一年草の、その花も果実も、きょうび日本の風物詩から消えようとしており、色も形状も知らない若者が増えているのに、ただ空しい語感だけを残すだけなんて、なんだか哀しくはないか。

そのへちまがいま、私の手もとに干からびて二個ある。一九九三年、新聞連載のための取材旅行の途次に、欧州とアフリカで買ったのだ。

一つは、ポーランドの炭鉱都市カトウィッツェの街角で。見かけはミュージシャンふうの若い男女が、煤煙にくすんだ目抜き通りで、竹籠に入れて売っていた。最初、それは巨大なフランスパンに見えた。息をのむほど大きい。長さ一メートル以上はあり、いずれもぎょっとするほど野太い。それでも、あれはへちまなのだと了解した時、無性に懐かしさがこみあげてきた。

人間というのは、生まれ育った国で見慣れた、それもさして有用ではなく、どこか空しいものであればあるほど、異国で再会すると、気になっていたしかたのないものだ。私は通訳を介し男に問うた。これらのへちまたちは、ポーランドでとれたものか。

ミッキー・ロークのいやらしく蕩《とろ》けた目をとても狡《ずる》そうな目と入れ替えたみたいな顔の男が、薄汚い長髪をかきあげかきあげ、嗄《しゃが》れ声で答えた。

「俺たちゃウクライナ人、へちまもウクライナ産だよ。経済がまるでめちゃくちゃなウクライナからへちまを持ってきて、経済がめちゃくちゃというほど悪くはないけど、全然良くはないポーランドで売っているというわけさ」

当時、月間インフレ率六〇パーセントの、換言すれば、経済もへちまもないウクライナから、年間インフレ率四〇パーセント前後のポーランドに商品を持ちこめば、食品でもへちまでもウクライナよりポーランドでのほうが売れるというのである。

熱帯アジア原産のへちまが、全体、ウクライナでとれるものなんだろうか。しかも、こんなどでかいやつが。狡そうなミッキー・ロークとなんだかスカッド・ミサイルを思わせる巨大へちまを見くらべて、私は首を傾《かし》げたものだ。で、さらに問うた。なんだって、こんなに大きいんだろうか。すると、ミッキーは周囲を憚《はばか》る目をしてから、小声で語るのだった。

「チェルノブイリさ。放射能だよ。秘密だけど」

一九八六年のあの事故で、かぼちゃもへちまもばかデカくなっちまった。ひどいもんだ。同情してくれよ。へちま一本買ってくれよ。デカいから垢《あか》がよく落ちるよ。そういうのである。

嘘かもしれないな、と私は思った。でも、嘘でもへちまでも、超長大へちまは嘘より詐欺よりもっと空しい装いでそこに何本も実在していた。私は一本買った。すると、私たちを遠巻きにして見ていた、炭鉱員の妻や母であるらしい、いずれもえらく肥えたご婦人たちが、われもわれもと、巨大へちまを買いはじめた。そして、皆へちまを小銃みたいに肩に担《かつ》いで、黒ずんだ石畳の道をぞろぞろと歩いていくのであった。

私も拍子抜けするほど軽いへちまをぶらぶらさせて歩いた。道すがら、よし、いつかチェルノブイリに行ってへちまがほんとうに異常成長したのかどうか確かめてやる、と決心した。スーツケースにとても収まらない巨大へちまを、私は鋏《はさみ》で三分割し、一個だけ残して、二個をホテルのボーイに引きとってもらった。

旅路は深まり、私は夜ごと旅の垢をそのへちまで落としていたのに、へちまのことなんかすっかり忘れ、東アフリカへと赴いた。へちまとはそういうものだ。すぐに忘れられる。

ところが、である。ウガンダで再びへちまとでくわした。

エイズ感染者が住民の二〇パーセント以上というマサカ地域を取材し、身も心も疲れ果てて、トランス・アフリカン・ロードをジープに揺られて首都のカンパラに戻る途中の、赤道直下のあたりである。バナナ畑の手前の露店で、幾本もの竹の先に、ほっこりしたスポンジ状のものが突き立てられて、風にゆらゆら揺れていた。車をとめて見れば、ああ、それらは、カトウィッェで売っていたのよりは大分小振りではあるけれど、まちがいなく、へちまなのであった。網の目の繊維組織が、日本のよりも、ミッキー・ロークに似たウクライナ人が売っていたのよりもずっと粗《あら》く、硬そうだった。死期が迫っているというのにどうすることもできないエイズ患者たちと会った直後で、すっかり気がふさいでいた私は、値切るのも忘れ、無言でそれを買った。

私のへちまは、都合二個になった。

カンパラのホテルの浴室で、私はウガンダ産のへちまを使った。エイズ取材の垢はこの国のへちまでこそげ落としてやろうとでも思ったのだろうか。マサカ地域の末期患者を前にして、思わず流した涙の跡も、たくさんの患者の痩せこけた手を握った手のひらも、ウガンダ産の、たわしみたいに強《こわ》いへちまで、ごしごしと擦《こす》った。旅人は旅人なんだよ、とつぶやきつつ。頬も手も、ひりひりと痛かった。

それからしばらくしてへちまを忘れ、雪のチェルノブイリに私は行った。

立入禁止区域内に敢えて住まう老人たちに、放射能を帯びているかもしれないキノコや魚の料理や自家製酒をふるまわれ、酔っては自棄《やけ》みたいにいっしょに歌をうたった。へちまが放射能で異常成長したかなんて、到底聞けはしなかった。現地の状況からして、カトウィツェに流れてきたあのウクライナ人の悪い冗談だと思われた。巨大へちまにでなく、私の関心は人の心の奥底へと向いていった。立入禁止区域内で死のうという、老人たちの凄絶で静かな覚悟のほうに魅入られたのだと思う。それでも宿舎に帰ると、ウクライナ産だとあの男がいったへちまで、腹のなかの放射能が落ちるわけもないのに、身体中を擦りに擦ったものだ。悪びれて、旅人は旅人さ、とつぶやきつつ。

いま、私は干からびた二つのへちまを見つめている。つめを立てて引くと、カラカラと乾いた音がする。へちまが空しいのでない。おそらく旅を終えた私のほうが空しいのである。

初出＝「ひまわり」一九九四年十二月号

輝ける陽根

私がいっとき宿泊していたダッカのホテルのゲートあたりには、リキシャ（座席つき三輪人力車）の運転手や、物乞いや、怪しげなガイド志願者や、スリや、そこに人垣があるから単にそれに加わっただけの半開きの口の男たちや、まがいものの銀のブレスレット売りや、それらのいずれにも臨機応変に、しかもその場で瞬時に転業してしまう者たちの群れで、ぶ厚くじつにやかましい壁ができて行く手を遮《さえぎ》るのだが、この壁を突破する秘訣は、いうまでもなく、決して特定の暴力的やり方でも、下品きわまる怒鳴り声でもない。

壁には褐色で筋張った伸縮自在の手が無数に生えていて、壁に向かってくるもののポケットの中身を狙っている。これらもまことに油断ならないが、よりやっかいなのは、視線を合わせたら最後、どこまでも追いかけてくるだろうおびただしい数の、研《と》ぎたての刃物みたいに鋭い目玉なのだ。できれば、これは避けたい。人には常に友好的でありたいものだが、単なる礼儀にせよ、それらの目玉に笑いかけでもしたら、彼らになにかの助けを求めていることとなり、笑いの程度によっては、義兄弟か生涯の友になりたいとでも解釈されてしまうかもしれないからである。

だから、まずは上空を向いて深呼吸をし、安手の人道主義的ないしは国際貢献的心情を殺す必要がある。善人でも悪人でもない、無人格、無表情、無目的、無国籍の、オケラのような顔をするわけだ。それから眼前の目玉たちのどれも見ないようにして、すなわち当方の目の焦点を人の壁のはるか向こうに置き、私は頭のぼけた透明人間なのだとみずからにいい聞かせて、やんわりするりと壁抜けするのである。それなりの修練のいる技なのであるが、その日も私は、吠えたてる人の壁の向こう側に故意にぼんやりとまなざしを投げ、煮染《にし》めたようなこの国の紙幣をしっかり握りしめて、首尾よく壁抜けを果したのであった。一月の、ダッカではけだるい昼下がりだった。

人の壁の向こうは大通りで、蓮《ハス》の花やら龍やらギョロ目の女やらを車の背のブリキ板に極彩色で描いたリキシャの群れが、カレーやら羊の脳みそやらの得体の知れない臭いを巻きあげ、わめいては輻湊《ふくそう》すること、まるで五色に爛《ただ》れたごみの奔湍《ほんたん》である。リキシャが渦巻く大通りの中央分離帯には、鉄柵で囲まれた植えこみがあった。壁抜けのために私が投げた視線は、意識したのでなく、自然そのあたりに着地していた。

人がひとりいた。そいつは花壇の鉄柵に脚を載せ仰向《あおむ》いていた。膝から下が花壇側にあり、腰と上体はこちら側、つまり車道に、垂れるがごとくにはみだしている。膝を頂点にした、への字である。への字の右端に頭があり、頭の両脇に腕が万歳《ばんざい》の形で投げだされてあった。薄汚れたシャツにボタンはなく、泥に汚れた薄い胸を大きくはだけている。

前日に、ダッカ駅の近くで目にした行き倒れ死体を思いだした。その死体の傍《そば》には、空き缶が置かれて線香が立てられていたが、植えこみの男の周りには立ち木と落ち葉のほかにはなにもなかった。しかも、彼の姿勢は必ずしも無残とはいいがたく、むしろ、天にも地にも、堕ちるべき奈落にさえ、最大限にふて腐れたみたいなそれであった。完膚なきまでの捨て鉢というか、極限的な自棄《やけ》のやんぱちというか。できるものなら、衆人環視のなか、私も一度はしてみたい姿態ではあった。私には時たまそのような衝迫がわく。男に、だから興味を抱いた。

男は鷲《わし》鼻だった。酔っ払ったみたいに蕩《とろ》けた目が、中天に向けて見開かれたままで、まばたきをしない。やっぱり死んじゃっているのだろうか。

生きていることの証明と医学的にいえるかどうかわからないのだが、しかし、どうやら死んでも眠ってもいないらしい器官を私は彼の下腹部に見た。への字の字体の、右側の下り坂の途中から、赤黒く腫れきって、ぐいっと見事に屹立《きつりつ》することにより、への字形を実力で破っているものがあるではないか。染みだらけの腰布《ルンギ》から飛びだしたそれは、ああ、じつに立派な陽根なのであった。首都の貧しいうすらびに、それは先太の形も勇ましく、てらてらと景気よく輝いていた。

余談になるけれども、そのものについては、他にも、生涯忘れることができないほど立派なものを私は後日目撃することとなった。アディスアベバからスーダン国境近くまで車で走り、増水中のアコボ川の支流にたどりついた時だ。四十度近い炎天下で、漆黒の若者たちが全裸で、昔の大井川の人足みたいに、旅人を肩車で向こう岸に運んでいた。泥水を漕いで彼らがこちら側の岸に渡ってきた時に目にしたのが、ダッカのへの字の彼と同じ、それは堂々たる器官であった。

上質炭のように深く青黒いそれらは、きつい労働のさなかというのにどうしたわけか、刺し殺すような陽光にいささかも負けずに、一様に野太く漲《みなぎ》って反り返り、水の玉を勢いよく弾き返しているのであった。世界に対してじつのところ間違いなく圧倒的優位を示しうる彼らの局所は、そのようには持ち主たちによってたぶんまったく意識されずに、鉱物のように美しく揺れ、鋼鉄のように撓《しな》り震えて、透明な黒い光を放っていた。彼らの持ち物の美は、一本の雨傘ほどにも意識されていないからこそ美なのだ。それらを見るために、アディスから七百キロにおよぶ旅をしてきたのではなかったのだが、それらを見るためにこそ、ここにやっと到達したのだと私は急遽《きゅうきょ》、深く納得したものだ。

ダッカのへの字の彼のものは、スーダン国境付近の若者のそれらに、別に勝ち負けの問題ではないけれども、負けてはいなかった。それを説明するために、私はスーダン国境付近の若者たちの男根について時系列を無視して縷々述べてみたのである。

男根というのは、粗末なものはいざ知らず、立派であればあるほど、用いかたによっては、身体の全器官のなかで唯一、意味の整合も、思想も信条も薄ら生意気な言説も民族の誇りも、貫き破りうる可能性を秘めた部位であると、私はかねがね信じている。遺憾ながら、それは嘘みたいに一時的破壊に過ぎず、しかも場所的で相手個体の体と心いかんに哀しくも限定された一過性の破壊であり感動であり死であり、語るに値する世界的普遍性を持ちえないとされ（それがあるにしても一般に認知されず）、にもかかわらず、この種の話を埒《らち》もないなどと鼻で笑ってこばかにする知的な彼ら彼女らの、お上品な心の深層を容易に傷つけ泡だたせもするけれど、語られるのではなく、にょっきりと実物を見せつけ、じかに行使することでしか力を発揮できない寡黙で不器用な、要するに、どうにも始末に負えない器官なのだ。だからであろうか、男根のある風景は、見る者に複雑な動揺を誘う、と私は思う。

だがしかし、ダッカの湿った空に赤黒く筋張ったそれを突きたてている彼の全容も、あるいは素晴らしい陽根そのものも、道往く人々の動揺どころか、関心も導かないのであった。彼も見られることをはなから期待してはいないふうに寝そべっているのである。奇矯《ききょう》が奇矯と認めてもらえない風景だって世の中にはあることを熟知しているかのように、無言で身動きもせず仰臥《ぎょうが》していた。かりに、あの大きな陽根と重く張ったふぐりさえ隠せば、彼は浜辺に仰向いて虚空《こくう》を見る、孤独な文学青年のようでもありえるだろうに、と私は考えた。

への字になった彼を除く、人のめぐりはびこる風景は、百年たったって同じ展開しかないと思われるほど、おめき騒いで雑閙《ざっとう》して、彼を無視して目まぐるしく展開した。ただし、リキシャも乗用車も、車道にはみでた性器露出男を、野良犬の死体をすれすれで避けるように器用に避け、まったく無感動に走り去るのだった。リキシャやバスの陰になり、彼の男根は赤黒く見え隠れした。

ややあって、路面に万歳していた彼の左手がゆるゆると動くのを私は見逃さなかった。左ききであるらしいことになにかの社会的意味を探ろうとしたのではない。左手は、いずれにせよ、いっこうに腫れの引かない、いやいや、いとどに張りきる陽根をじわりと握り、なぜか小指だけをやや反らせたおしゃれな指づかいで、ペットのニシキヘビの頭でも撫でるように、ゆっくりとしごきさげ、しごきあげしはじめた。

かつて見たこともない典雅な指の動きではあった。しごくごとに、掌中のものはいよいよ艶を増して育ち、反らせた小指を除く四本の指の輪の口径を徐々に開くのを余儀なくされるほどに、内側からずきんずきんと張っていく。ずきんずきんは、いつの間にか、立ちつくす私のこめかみの血に連動し、不穏なずきんずきんの二重奏になって脈打った。そうなることにより、私もまた彼とともに廉恥《れんち》を破っているのだなと気づき、いまさらのように当惑したけれども、当惑の底で、彼はなにかの邪教の行者であり、みずからをしごいては人の血の連動を誘い、たぶらかしているのではないか、ダッカに住まう誰もがそのことを知っているからあの男には断じて目をやらないようにしているのではないか、という疑念もわくのであった。

突進してくるリキシャをよけながら、私は道を渡り、男に近づいた。ずきんずきんがまだつづいている。

男は陽根とほぼ同じ色の唇から血を流していた。血は顎を伝い、首にまで垂れていた。いや、真っ赤だけれど、血ではなかった。彼は檳榔子《びんろうじ》を噛んでいたのだった。噛みつつ赤い汁が口から垂れるにまかせ、見おろす私の存在などもともとないもののように虚ろな目をして空を見上げていた。左手は別の生き物のように、優雅に上下動をしている。行者なんかであるわけがなかった。左手のなかの巨大なものがかすかに湯気をあげていた。

彼は、と私は咄嗟《とっさ》に考えたのだが、誰かが現在の世界のありようを考える際に、まちがえても存在をこれっぽっちも措定されない、この世界を形成する要件としては断じてカウントされない、つまりは最初からなかったことにされ、どでかいチンポごと一番先に存在を抹消される、哀しいなにものかなのだった。この見事な陽根に関しては一字も記録されず、ただの「無」として、私たち大多数の粗末なそれの持ち主たちと不当にも等しく、ひと揺れの感情すら用いられずに屠り去られるのだろう。悔しくはないのか。

男はしかし、よく見れば別してふてるでも荒れるでもなく、すべてから無視されつつも、周りのひとまとまりの風景と道理を、静かに犯しかつ壊しつつあった。

こめかみにしょうことなしに感じるずきんずきんを呪いながら、私はあらためて瘦せこけた男の顔を見おろした。目はまるで単なる黒い穴だった。眸子《ぼうし》が、死後一週間もたった魚のそれのように、腐って溶けかかっていた。唇はだらしのないゴムだった。男と私は十年ぶりでやっと再会できた不幸な双子みたいに互いにずきんずきんと脈を合わせ、見上げ見おろしていた。この脈を断ち切るには、男の、この砲丸みたいにばかでかい金玉を思いきり蹴飛ばすかどうかしなければならない。私にはそんな勇気はない。どうなるか見届けたくもあったのだ。

瞳の底が、やがて、ちろちろと怪しく光りはじめた。陽根をしごく手はもはや輪ではなく、内側からの圧力で大きく開いた弧となり、ゆるやかに上下している。その弧を、弧のなかの肉がもりもりと膨らんで、さらに、さらに開いていくのだった。掌の先からずんぐりと聳《そび》える赤黒い半球は、それを覆う薄膜ごと、ああ、これ以上はだめだ、到底無理だと案じられるほど張りつめて、目には見えぬ極小の皺さえのばしきったので、さながら丹精して磨いた占い師の水晶玉のようになってしまった。ずきんずきんの律動が速くなったのを私はこめかみに感じている。

薄紫というかピンクというか、あえかな色のそのものは、いまは半球状の鏡となって、ぼんやりなにかを映している。肉の鏡は、うち湿った首都の空を映じていた。屈曲した立ち木があった。鏡面を侏儒《しゅじゅ》のそれのようなリキシャが走り去った。おやおや、ぐにゃりと歪んだ私の顔もあるではないか。こともあろうに見知らぬ人様の陰茎の先端で私が苦笑している。しかしながら、面妖なその鏡にいま、歪み曲がって映っている像だって、私たちの生きている、歪み曲がった世界の一部には違いがないのだった。私はげらげらと笑ってみたくなった。その時だ、肉の鏡が内側から輝いて、ふるふるとかすかに震えたのは。

よし、いまだ。思いっきりいけと私は呟《つぶや》いた。

すると、半球の鏡面の頂から、液状の力が一メートルもの高さにまで、しゅーっと音たてて噴きあがった。それは二度つづき、私は感嘆し呻《うめ》いて後じさった。そこにリキシャがぶつかってきて、私は路上に横転した。運転手が私をなじり、甲高い声をあげた。倒れながら、三度目の、これはずいぶん弱い噴出を目の端に見た気がした。私は這《は》って歩道に戻ったのだが、振り返ると、走るリキシャとリキシャの間に、男がまだ同じ姿勢で仰向いているのだった。

見事な陽根はかき消えていた。男は、ただの襤褸《ぼろ》きれのようにでろりとのびきっていた。私のこめかみのずきんずきんも、嘘のように鎮まっていた。脈があがったのである。

そのような風景を、忘れたり思いだしたりしながら、私は旅をつづけた。

初出＝「新潮」一九九五年三月号

他人の記憶を食う

『もの食う人びと』取材の旅を終えて帰国したら、人と会うたびに訊かれた。

なにがいちばんうまかったですか?

グルメ旅行じゃなかったのだと応じても、納得してくれるものでない。一年と三ヵ月も世界を歩いたのだから、ひとつやふたつ感動的においしいものとだってめぐり会えただろう、というのである。

そりゃあ、なくはない。択捉島《エトロフ》の渓流で捕ったばかりの鮭の腹から数珠《じゅず》のようにこぼれ落ちた、ルビー色に輝くイクラ。ポーランドの炭鉱で地下五百五十メートルまで潜り、半日労働したあとで飲んだ、ボグラッチという名の具だくさんの田舎スープ。アディスアベバからスーダン国境近くまでの旅の途次に、激しい吐きくだしに襲われ、昏倒から醒めて飲んだ生姜《しょうが》入り紅茶とグレープフルーツの汁……。いくらでもあるにはある。

けれども、ことさらに語る気がしない。

食いものにさほど頓着《とんちゃく》しない私には我ながら情けなくなるほどつまらない確信があり、それがいつもグルメ談義への興味を殺《そ》ぐのだ。確信とは、いい換えれば、食う私と食われるものの関係性に関する、食通にいわせれば、おそらく矮小《わいしょう》にして頑迷な固定観念でもある。

つまり、こういうことなのだ。最高のイクラだろうがキャビアだろうが、毎日バケツ一杯食わなければならないとしたら、これはもう拷問でしかない。汗みずくの採炭作業後に飲んで感激したスープでも、無為《むい》徒食の日々に食したら必ずしもうまいとはかぎらない。病中の私に「命の水」とまで思わせた生姜入り紅茶とグレープフルーツの汁は、むろんいつも必ず「命の水」ではありえず、おおかたは自動販売機の缶入りジュースとでも代替可能なのだ。

食われるものそれ自体が、食う主体の諸条件を離れて絶対的に美味であるわけがない。ペリゴール産のトリュフは時として犬の糞ほどに無価値でもありうる。話の接《つ》ぎ穂《ほ》もなくなりそうな、これが私の確信である。

でも、食うことをめぐり客裡《かくり》に想到したことどもは、これがすべてではない。味とは記憶なのだ、と私はこれまた味も素っ気もない結論に達している。

帰国後も、みなわのように、いまだ舌や喉《のど》もとあたりでかつ消えかつ結ぶ、いくつかの信じられぬほどうまい味がある。二度とは味わいたくない味もある。じつのところ、これらは私が直接に嚙みしだき嚥下《えんげ》したものではない。だが、私はしばしば実際に食ったことがあるものとして錯覚している。なぜか記憶の断片が私の舌や胃の粘膜に張りついているからである。

たとえば、ジュゴンの肉。

食すれば不老不死ともいうカイギュウ目ジュゴン科の哺乳類のこの肉を、誓っていうが、私は食ってはいない。にもかかわらず、あんなにうまい肉ははじめてだったなあと思いだしては、おりふし喉をゴロゴロ鳴らしている。島民が代々よくジュゴンを食っていたというフィリピンはブスアンガ島とその周辺で、その味の記憶を尋ね歩いていたら、ほんとうに食った気になってしまったのである。

いや、私はたしかに食ったのだ。それは物体ではない。ジュゴンを食ったことのある他人の記憶を食った。つまりは他者の味の記憶に舌鼓《したつづみ》を打ったのである。

宛然《さながら》牛肉のごとし。が、牛よりもやわらかで、においも淡《あわ》く、皮のうまさだってたとえようもない。骨粉はまさに薬そのもの、風邪《かぜ》に効き、妊産婦の滋養にもなる。味の奥の、そのまた奥の奥に、ほんのかすかに人の母乳の香りがある、とも聞いた。

捕獲が禁じられているそれを、罰金払ってでも食いたいねと島民はいってはばからない。羊よりイルカ、イルカより豚、飼い豚より野豚、野豚より牛、牛よりジュゴンとその味を崇《あが》める。

そうまで聞かされて食いたくならないわけがない。ああ、食いたい、食いたい。気持ちを募《つの》らせていたら、ひとかけらほどは食ったことがある気になったのである。どこかで入れ替わってしまったこの記憶が、実際に味わった味よりも、おそらくは、はるかに美味なのだ。

その文脈では、人肉を食うという禁も私は犯したことになる。

ミンダナオ島のキタンラド山中に入った時のことだ。残留日本兵が敗戦を信じず一九四七年まで潜んでいた、四顧鬱蒼たる樹海に私はいた。案内役の、フィリピン軍大尉を務めたことのあるアルハンドロ・サレという名の老人が、飢えた残留日本兵らによる人肉食の模様を、現場を指さし指さし教えてくれた。兵士らは山裾の村人をハントしては調理して食っていたという。軍医が調理指導をしていた、という話も後に私は聞いた。

この種の話の奥行きは、私の取材を待つまでもなく、大岡昇平の『野火』がはるかに深いことはいうまでもない。現場取材というのは、しかし、無駄でもやはりやってみるものだ。私が耳にした、老人の、考えようによってはささいな一言で、話の味ががらりと変わってしまったのである。不可思議な転調とでも呼ぶべき、このような局面には、大岡昇平も、あるいは端麗にして壮大なカニバリズム論を発表しておられる中野美代子さんも遭遇してはいないだろう。

サレ老人はポツリと、私も食べたことがあるよ、と呟いたのである。若きサレも参加した未明の残留兵掃討作戦の際、日本兵は鍋とその中身を置いて逃げたのだが、空腹だった彼はほの温かい中身をついむしゃむしゃと夢中で食ってしまった。やがて夜が白み、サレは紛《まが》うかたなき人の耳、指を鍋の周りに見たという。

味はどうだったか、四十数年前の記憶を私は訊いた。

一般的人倫の問題をこの老人と論じるのを、私はなぜか避けようとしていた。味というのは、たとえそれが人肉だろうが、倫理を超えるものだ。口中に倫理が入りこんでも、たちまち舌の上で蕩《とろ》けて、やがては糞となるしかないのだ。倫理自体にもまた、畢竟《ひっきょう》するに、味などない。だから訊いた。

老人は呆れるほど陽気に、そして遠い良き日を懐かしむように答えたものだ。てっきり、まだ若い犬のシチューの味だと思ったなあ、少し塩辛《から》かったが、まあうまかったな、と。

まだ若い犬の味。それなら、私も平壌とハノイで食ったことがある。平壌のが上品でやわらかでうまかった。犬の冷肉《コールド・ミート》もよかったが、石の釜の炊きこみ御飯が絶品で、これが食えるなら亡命してもいいとさえ思った。ハノイでは冷たい雨の日に犬鍋を食った。毛のついている肉もあって、感心しなかったな。そうそう、ハノイでは犬のチンポまで食ったっけ……。

私は犬の味の記憶をたぐりつつ、人の味を意識のなかで合成しようとしていた。合成が容易にならぬのは当然といえば当然である。なるまでにはいささかの曲折があった。

現地の別の男がドゥヤンドゥヤンなる雑草をむしって、日本のあの食人鬼たちは人の肉にこれを加えて調理していたんだと、これも陽気に語った。アザミに似た花をつけた、キク科らしいそれを私もむしって茎を噛んでみたら、ひどく青臭くて口が痺《しび》れた。サレ老人の人の味の記憶と私の犬の味の記憶に、ドゥヤンドゥヤンの青汁の苦さが、あたかもにおい消しのように加わった。それでも合成はまだならない。

なったのは後刻、老人が語った話を聞き、山の麓《ふもと》の村民たちに会ってからだ。

いったん逮捕された元残留日本兵たちは、マニラの軍事法廷で食人を認め、死刑や無期懲役をいい渡されたが、恩赦で帰国した。飢えてそれを食べた彼らと、まちがってそれを食った老人はやがて文通をはじめた。元残留兵の一人は、日本に語学学習に来た老人の娘の身元引受人となり、親戚同様に面倒をみたという。

いい人たちだ、と老人はいった。だが、下山したら痩せこけた村人たちが私を取り囲んだ。口々に訴えるのだ。私の母親は日本兵に食べられました。私の兄も食べられました。私の姉も……あんた、どうしてくれるんだ。

これでやっと、人の味というものが、私のなかでおぼろおぼろに合成されてきた。サレ老人の記憶、私の記憶、ドゥヤンドゥヤン、日本にいる元兵士の苦悩、老人と元兵士の不可思議な交誼《こうぎ》、遺族の恨みと涙……これらすべての味を皮に包んだずいぶん多層性の、老人のいうとおり、やっぱり舌にちょっぴり塩辛い味がそれである。

歯にやわらかくも胃にこなれよくもなかった人肉の味のかけらを、私の舌はいまでも覚えている。東京に帰って再びだらけてしまった、不道徳きわまりないこの舌の、味蕾《みらい》のどこかが、時折ピリリと感じるのである。もう二度と食いたくないな。そう思うほど、私は実際にそれを食ったことがある気になっている。

初出＝「銀座百点」一九九四年十一月号

オシロイバナについて

オシロイバナは夕化粧《ゆうげしょう》とも呼ばれ、原産地が米国であり、江戸初期になって（あんな小さな種子でも風ではおそらく運べまい。船で、なのだろう）やっと日本にやってきたなどという意外なことを知ったのは、オシロイバナを心に刻み、やがてオシロイバナをさっぱりと忘れ、近年、なぜかおりふしにオシロイバナが白くおぼろにまなうらに浮かぶようになってからのことだ。

故郷をでてから三十年以上の時がすぎた。滅多なことでは帰らなかったのだし、あんなつまらぬ花の思い出など、とうに消えていい。

だが、記憶とは、とりわけて要《い》らざる記憶とは、そんなものでもないらしい。私の心の地下茎に、知らず静かに溜《た》め残されていた白色の汁は、このところしばしば毛細血管をシユルシユルとつたい、脳裏にまで這《は》いのぼってきては、三十数年前の故郷のオシロイバナのある風景を、しらじらと色づけするのである。

オイシサンと呼ばれる婦人がいた。

驚くほどの蓬髪褴衣《ほうはつらんい》であったから、こどもの私は老婆と信じて疑わなかったが、案外に若い女だったのかもしれない。

「わだす、きれいだべが？　どうだべ……顔、きれいだべが？」

オイシサンがそのように狂おしく私の母に対し問うている夕暮れ時の風景には、ミルクや薄い血を点々滴《したた》らせたみたいに、きまってオシロイバナが白く赤く咲き群れていた。花の遠く向こうでは土用波がドドーン、ドドーンと不穏な音を鳴らしていたように思いだされる。オイシサンの、褐色に陽にやけ、垢《あか》に汚れた鼻と頬には、オシロイバナの、黒い球形の果実を爪で破ってこそげだした、白粉《おしろい》状の胚乳が、まだらに塗られていた。

彼女はよそいきのおしゃれをした気分だったのであり、白粉のところどころが無残にはげた自身の顔が美しいですかと、鼻と頬とを指さして、じつは、美しくはないとの応答を断じて許さぬ必死の形相《ぎょうそう》で問うていたのであった。

「きれいだでばー、すごぐきれいだよー」

いいつつ母は、ゆでとうもろこしかなにかと小銭をオイシサンの手に握らせていた。石巻の雲雀野《ひばりの》海岸にほど近い、たった二間の市営住宅の庭先で、一時期その風景はくりかえされ、やがてオイシサンはどこかへと消え、オシロイバナだけがむせるような香りとともに残った。

芸術も文化についても、論じてみる興味にせよ資格にせよ私には他の人ほどはない。けれども、オシロイバナの記憶は、それが芸術かどうかは知らないが、私がしっかりと身に帯びた文化なのだ。

オイシサンに相対する母の顔には、異形《いぎょう》の者への慣れと当惑と慈《いつく》しみと明朗な蔑視のいずれもがあり、たぶん、偽善だけがなかった。賢《さか》し顔に偽善を保てるほど生活は楽ではなかったし、異形の者たちもまた少なくはなかったからである。こどもの私は私で平気でオイシサンや、廃品の山に地蜘蛛《じぐも》さながら独り埋もれて暮らす口の不自由な男（ムニャムニャホイと悪童たちは呼んだ）を追いかけまわし、甚だしくは小石をぶつけたりしたものだ。

それらの経験が私にとっての文化の根っこであり、記憶の地下茎が茎の内側にひそやかに溜め残している謎めいた風景なのであり、調子に乗って一見文化的にいうならば、文を紡ぐ衝迫の源なのである。

詩を書く若者が、地方に住まうことの不利を私に嘆いた。どうでもいいよ、そんなことは、と私は邪慳《じゃけん》に応じた。

舞文曲筆《ぶぶんきょくひつ》をよくして高くひさいでみたいという向きは別として、ものを書きつづるのに、居場所の優位も障害もありはしない。そのような疑似文化的話を私は信じない。

世界とは、いずれ私というなまくらな目で眺められたなにものかなのであり、なにか書き記すかぎり、私がいまある場所こそが世界の臍《へそ》であり、中心なのである。オシロイバナが咲き、オイシサンが立ちつくした風景はかつて、世界の情動の源であった。いまは、オシロイバナの記憶を溜めた私のいる場所が、その場所だけが、東京だろうが仙台だろうが、ダッカだろうが、世界の中心なのである。師などはなくていい。学ぶべきは、オシロイバナの粉を塗りたくり化粧する、その瘋狂《ふうきょう》の徹底である。

でも、どこにあっても、オシロイバナのことを夕化粧などと気どって呼びたい惰弱な衝動を、紛うかたなき田舎者の私は、押し殺そうとするかもしれない。いささか頑迷なのである。

初出＝「伊達人」一九九四年秋号

あの歌

　こどものころ、友だちのカツヒコちゃんと家の近くの海岸に雲雀《ひばり》の卵をとりに行った。薄緑に雀斑《そばかす》みたいな斑点の入った（と記憶しているのだが、色は思いちがいかもしれない）小さな卵を、ぼくらは宝石とりのように毎日必死にさがし歩いていた。

　波の荒い夕暮れ時、松林で不思議な大男を見た。

　空気銃で雀《すずめ》を撃っていた。岩のような腰に、殺した雀を何匹もぶらさげている。ぼくらの父たちよりよほど大きく強そうで、沈んだ妙に不穏な目をしていた。卵さがしをやめて、その男の跡をぼくらはつけた。

　男は海岸にほど近い木造の厩舎《きゅうしゃ》の一角にどろりと消えた。市営競馬が廃止されてからも長屋のような厩舎が放置されていた。羽目板《はめいた》がいつもばたばたと風に鳴っていた。

　節穴《ふしあな》からなかを覗いていると、野太い声で「おい、入ってこい」といわれた。磁石に吸われるみたいに二人で厩舎に入ると、大男が雀の羽根をむしり、痩せた浴衣《ゆかた》の若い女が咳をしながら七輪《しちりん》に火を熾《おこ》している。湿った藁《わら》と馬の小便の臭いが鼻を撃ってきた。男はここでこの女を飼っていて、雀を餌としてあたえているのだ、とぼくは思った。

男と女に焼いた雀を食えといわれた。

米糠《こめぬか》と土の味のする雀のぽっぽ焼きをぼくらは泣きながら食べて、帰った。

親にはあの馬小屋には絶対に近寄るなと釘を刺されたが、ぼくらは性懲《しょうこ》りもなくまた厩舎に行ってみた。女が煎餅布団《せんべいぶとん》から四つん這いでてきて、ぼくらに森永キャラメルを一個ずつくれた。男はいなかった。

女は枕もとの鉱石ラジオをぼくらに聴かせた。ぼくらが飽きると、かすれ声で歌をうたってくれた。

「ちーんちーん、ちーなーぽっこ、まーるこちょっぴい、しゃーれこぱいぽ、いまじゃにんじろぱいぽ、ちーなーぽいぽい」

初めて聞く歌だった。わけもなくなにかを小馬鹿にしたような、ひどい歌だった。カツヒコちゃんが喉をひくひくさせて笑った。ぼくもけたけた笑った。女は喜んで何度も何度も歌っては咳きこんだ。抑揚の少ないモデラートをアレグロにしたりプレストにしたりしてうたいまくり、調子が変わるたびにぼくらは転げ回って笑った。

そこに、男が雀を持ってぬっと帰ってきて、ひと声低く「やめろ！」といった。空気の抜けたゴムまりが蹴られるような音をたてて、蹴られてもいない女がすっとんでいき、暗がりに這いつくばった。

世界中の音という音が死んだ。

男とぼくの目が合った。男の目は澄んだドブみたいな色をしていた。大人になったら、ぼくもこんな目をして悪いことをいっぱいするのではないか、とぼくは予感した。男の目と女の歌がその時、ぼくの目や胸にぶすぶすと埋めこまれた。

大きな男も、浴衣の女も、しばらくしてカツヒコちゃんもいなくなった。雲雀の卵の形も雀の味も忘れた。チョークで描いた黒板の絵みたいに、みんな消えた。

最近、われ知らず、あのひどい歌を頭のなかで口ずさんでいるときがある。地下鉄の階段を上りながら、上司の話を聞くともなく聞きながら、酒場で女と飲みながら、ちーんちーん、ちーなーぽっこ……。

気がつくと、頭のなかでぼくの野太い声が命令している。

「やめろ！」

馬小屋のあの男の歳にぼくもなったのだ。

初出＝「別冊文藝春秋」一九九二年二百回記念号「想い出の歌」を改題

III

汽水はなぜもの狂おしいのか

（注）以下は、一九八七年から一九九二年までに書いた原稿である。この間に、米ソ中距離核戦力（ＩＮＦ）全廃条約が調印され、昭和天皇が死去し、天安門事件が起き、ベトナム軍がカンボジアから完全撤退してドイモイ（刷新）政策を本格化し、ベルリンの壁が崩壊し、湾岸戦争が戦われ、ソ連邦が解体した。この世界史の大転換期に、私は米国とベトナムにそれぞれ一年余り住まい、その後にも両国を再訪したほか、カンボジア、インドネシア、フランス、ブータン、旧ソ連、バルト三国などを旅して歩いた。どこまでも地滑りしていく大地に座して揺られて、移ろいゆく風景を私はただ驚き眺めた。そのときどきに書かれた文章は、いまもまだつづく世界的地滑りに無縁ではないと思うから、国も人も当時の固有名詞のまま、不明を恥じつつ、提出することにした。

御霊《みたま》は天翔《あまがけ》てブータンに降りたもうた——一九八九年

ぼくがブータンを訪れたのは、故昭和天皇の初七日に当たる日でした。そう意識したわけではまったくありませんが。

首都のティンプーに入り、とてもいい光景を目にしました。

一番の繁華街のノルジン通りに、蓮《ハス》の花とか宝灯の模様とかが白壁に極彩色で描かれている、まるで寺院みたいなつくりのブータン銀行があります。その前の路上で、茶色のむく犬と、鼻づらは赤いけれどクロとしか呼びようのないような黒犬が、うらうらの陽を浴びて、ゆったりと交尾しているのでした。クロは東のティンプー川、むく犬は西のモティタン地区の丘に鼻先を向けて、道路の真ん中で、気持ちよさそうに目を細めているのです。

遠くから仏塔につるされた鈴の音や、雉《きじ》に似た鳥の鳴き声が聞こえてきます。犬たちは動きません。こんなに犬が心持ちよさそうにセックスしているのを、ぼくはかつて見たことがありません。

さらに驚くべきは、丹前《たんぜん》のような民族衣装「ゴ」をまとった道往く人たちも、ジープ・タクシー（タクシーは皆ジープでした）も、犬たちを追いたてたりせず、威嚇《いかく》の声も警笛も発せずに、見ていてなお見ぬように、愛の現場を静かによけて通っていくのでした。

もうひとつ好きな風景がありました。

ブータンでは、ティンプーにも、空港のあるパロにも、旧王都のプナカにも、丘という丘、山という山に、、、、ロンダルやダルシンと呼ばれる白く細長い布地の幟《のぼり》が、はためいているのです。

ヒマラヤ上空の光の暈《かさ》を背に林立するこれらの幟が、まっさらの風にのって泳ぐと、ブータンの気層全体が霊気で満たされるのです。

ロンダルとダルシンはぼくら外国人が見ても区別がつきません。どちらも棒につけられた白い粗末な木綿の幟なのです。

ロンは風、ダルは幟ないし旗、シンとは死の意味であると教えられました。ロンダルは長寿を祈願する幟で、山の頂など高い場所に立てられ、ダルシンは死者の霊魂を慰め、迷界をさまようそれらを正しく導く幟だということです。

白い布地には黒字で細かに経文《きょうもん》が刷られています。風が吹くと、経文が迷界をさまよう霊魂のもとに運ばれるというのです。長い年月を経た幟は、風雪にすり切れて、布地に記された幾千、幾万語の経文もさすがに消えかかっています。まさに、風が文字を霊魂のもとに運んでいったのだ、と信ずべき根拠になるのです。

世界のありとある死と転生の無限をこれらの幟たちが見ているわけです。

白い幟の林立するなかで、よく肥えた豚が大地に横になって昼寝し、その腹に子犬が三匹のっかり、豚から暖をとってうたた寝している風景も、ぼくは目にしました。

ロンダルが幾つも遠くに見える野原には、「ドツォ」と呼ばれる露天風呂に入っている男たちもいました。ドツォは、地面に四角い穴を掘り、木や石をしきつめて山水を導き、そこに、たき火で真っ赤に焼いた石を何個も入れてお湯にするのです。

見えるのは、白い幟と一面の草原、頂に雪を残した山々ばかり。

妻たちが、たき火で石を焼く役をしていました。ぼくが感心して立ちつくしていると、つやのよい褐色の肌をした妻の一人が、ドツォを楽しむ夫に向かってゾンカ語で叫ぶのです。

「あんた、立ちあがって、外国の人にでっかいあそこを見せてやったら」

ドツォのようなやり方は、サンカ（山窩）にもたしかあったと思いますが、どちらが発祥か、不思議なことです。

ロンダルとダルシンが人々を守っているようでした。白い幟に囲まれて、ぼくは既視感に襲われつづけでした。そこの空気も雪も山も川も段々畑もドツォも、幾世代も前からきれぎれにつづいてきた人の記憶の物質化、作品化であるようにさえ思われました。

前置きが随分長くなり申し訳ありません。要するに、ぼくは、とろとろと万年のレム睡眠に誘われそうな、優しい霊気がそこにあったことをお伝えしたかったのです。そして、その優しい霊気こそが、以下ご紹介することどもを、日本からはるか離れたその地で然《しか》らしめたのだと思うのです。

ロンダルとダルシンの謂《い》われにはじまり、ぼくと現地の人々の話は、「死」へと広がりました。さらに、ぼくがタイで人伝えに聞いて以来忘れかけていた天皇の死について向こう側から持ちだされたのでした。

死は、誰のものであれ、ブータンではより現実的、より身近なものに感じられました。「現存在の根本の構えの本質には、不断の未完結がある」というハイデッガーの言葉（『存在と時間』）も、なんだかすっきりとわかるような気がしました。

未完結の先に死があり、ぼくの考えでは、さらにその先に生があるみたいな永遠の未完結を、ぼくたちは生きているのではないか……と感じさせられるのです。

ですから、ヒズ・マジェスティ・エンペラー・ヒロヒト（とブータンのインテリであるその人はいうのです）の死が話題になっても、当初は、別して構える意識もありませんでした。

いずれにせよ、彼は「エンペラー・ヒロヒトの死に際し、われわれは特別法要を行った」というのです。

その彼と、法要に実際に参列した人々の話を再構成すると、次のようになります。

まず、ジグミ・シンギ・ウォンチュック国王の側近が、裕仁氏の訃音《ふおん》を、一月七日早朝のBBC放送で聴きました。側近は直ちに国王に知らせました。

三十歳代前半のウォンチュック国王は、数年前に徳仁氏がブータンを訪問して以来、徳仁氏を「弟のように」身近に感じている様子で、日本皇室全体にも特別の親近感を抱いておられたよしです。

国王はすぐさま「喪主《もしゅ》になりかわって」特別法要を即日開くことを決定し、場所を、中央政府や中央僧院などがある聖俗のセンター「タシチョゾン」（光栄ある宗教の要塞という意味）内の国会議場としました。また国王みずから文案を練《ね》り、明仁氏と竹下首相に弔電を打ちました。

あわただしく遺影、灯明《とうみょう》、祭壇などの準備がはじまりました。

中央僧院の高僧らのほとんどが、ティンプー北東部の避寒地プナカに行っていたため、首都に残っていた僧侶二十人余りが特別法要で読経《どきょう》することになりました。内務大臣は全県知事に電報を打ち、地方も法要を営み、六日間は半旗を掲げて喪《も》に服すよう命じました。

さて、首都のタシチョゾンの法要は七日午後三時からはじまりました。国会議場正面に、仏陀《ぶっだ》の座像、祭壇、ブータンの人々が仏陀の次に崇敬するグル・パドマサンババなどを描いた仏画三幅、それらの中心に故天皇の遺影が置かれました。

参列者は、国王、王室の一部、外相、外務次官、内相、内務次官、農林次官、王室諮問会議のメンバー、侍従長、儀典長らでした。

法要は、大乗仏教のカギュ派のなかのドルック（雷龍）派のしきたりに基づきとり行われました。祭壇を中心に一千もの灯明が捧げられました。故天皇の魂が暗闇をさまよっているので、明るくしてさしあげるという理由から、とのことでした。

参列者もひとりひとり、蠟燭《ろうそく》を捧げました。

参列者は皆、「ゴ」を着て、とても緊張した表情をしていました。また「カムニ」という長い布を肩からかけていました。カムニは、タシチョゾンに入ったり、儀式に出席する際はかならず着けなければならないそうで、階級により色分けされています。その長さは

「最大限に開いた中指と親指の間の距離の二十一倍」とのことです。

で、参列者は尊敬する故人との別れのしるしとして祭壇にそれぞれのカムニを捧げました。

何人かが、両膝、両肘を床につけ、さらに合掌して額を床につける五体投地《ごたいとうち》という最敬礼をしました。まず仏陀に向かい三回、次に遺影に向かい三回、額を床につけたそうです。

後方では、僧侶が荘重な読経をはじめました。読経に混じり、銅鑼《どら》や太鼓もにぎやかに打ち鳴らされました。故天皇の魂を呼び寄せるためだそうです。

名君のほまれ高い国王は終始沈痛な面持ちで、目に涙を浮かべているようにも見えたといいます。

この法要が何時間行われたかは、聞きもらしました。

一月七日の法要はそれで終わりました。

翌八日（日曜日）は、九日からの別の儀式の準備にあてられました。

九日から同じ国会議場で行われたのは「食事お供えの儀式」というものでした。この日「再度、故人の魂を呼び寄せる試み」がなされたそうです。

国王は「食事お供えの儀式」の第一日に出席し、参列者の一番最初に仏陀の座像と遺影に対し、銀器に盛られた食べものを捧げました。

食べものは、ご飯、焼きソバ、野菜いため、チーズなどで、この儀式としては最高級の二十一品のメインコースでした。そのほかに、故天皇の嗜好《しこう》に合わせたのでしょうか、緑茶などの飲みもの、バナナなどのデザートも捧げられ、メインコースと合わせ、食べもの、飲みものの種類は全部で五十九品となりました。

参列者が一人一品捧げるやり方で、各大臣や次官らは四日間（国王は第一日だけ）、この儀式をくりかえしたのだそうです。この四日間も、もちろん読経がつづけられました。

ちなみに、「チュゴ」と呼ばれるブータンのチーズ（ヤクの乳でつくったのが多い）は、混ざり気のない自然の味でとてもおいしいのです。チュゴを私は日本に持って帰り、チーズ通にプレゼントして「これほど素直で純粋なチーズはいまだかつて味わったことがない」という賛辞を得たことも付言しておきます。

野菜いためなどは一般にかなり辛いのですが、さて、故天皇のお口に合ったのか、知るよしもありません。

なにぶんにも夢見心地で聞いた話です。ディテールにいくらかの乱れもあるかもしれません。が、骨格は大体こんなところです。

ところで、ぼくが一番話したかったのは次の箇所です。これが謎なのです。

一回目、つまり一月七日の読経と、二回目（九日からの「食事お供えの儀式」）以降の読経の中身が、じつはちがうのですよ、とぼくの表情をうかがうように声をひそめて話す人がでてきたのです。

お経などというものは、宗派を問わず、よほどの専門家でないと、なにをいっているのかわからないものです。その人は、おそらく、特別法要で経を念じた僧侶から「ちがい」を聞いたのだと思われます。

それでは、「ちがい」とはなんだったのでしょうか？

七日と九日以降のお経の相違とは、その人によれば、後者が、迷界をさまよう故天皇の霊魂を慰め、来世へと正しく導くためのものだったのに対し、前者は、故人の生前の「罪を浄《きよ》める」ものだったというのです。

「えっ、天皇の罪、浄める……？」

と、ぼくはどぎまぎしつつ言葉の意味を考えました。

その人は、ぼくが、やや意表を突かれた表情をしたのを見てとったのか、すぐ言葉を接《つ》いで「どんな人間でも、生前あるいは前世に罪を犯しているものです」と、いわば問題を一般化しました。賢い表現ではあります。

ＢＢＣ放送を聴き、諸外国の天皇批判の内容を知っているらしいその人はさらに、「エンペラー・ヒロヒトのために多くの人が死んだといわれています」という客観表現でぼくの意中に探《さぐ》りをいれてから、今度は断じるように「しかし僧侶によれば、お経は必ずしもそれを対象としたものではありません。一日目に故人の罪を浄める経を読むのは、いわば、しきたりなのです」という趣旨のことを話してくれました。

一連のブータン式の特別法要が、まったく他意なく、おそらく国王を中心とする人々の裕仁氏の逝去に対する心の底からの悼《いた》みと優しさから、営まれたであろうことは、いうまでもありません。

一日目の「罪を浄める」という読経もまた、少しの他意もなく、大乗仏教カギュ派のなかのドルック派の古式にのっとり、とり行われたにすぎないことも疑う余地がありません。その心根のこだわりのなさ、広さに、ぼくは親しみを感じました。

しかし同時に、不忠者のぼくには、この話を聞くうちに「他意」が生まれ、想像がどんどん膨らんでいくのを正直抑えることができなかったのです。

第一に、こんなにも優しい弔《とむら》いを受け、遥かヒマラヤの彼方からその霊魂を呼び寄せられた故天皇は、ブータンがすっかりお気に召されて、ひょっとしたら、ブータンのどこかで、再生の過程を経験しておられるのではないか、という想像でした。さらに、そうであるなら、もはや御霊は日本にはなく、またそうであるならば、もはや大喪《たいそう》も大嘗祭《だいじょうさい》も、意味を失うのではあるまいか、天皇制はぼくらが知らないだけで、御霊が遠く天翔てブータンへと来た以上、もう継承しようにも受け継げなくなってしまったのではあるまいか……と想像が広がりました。

かりに、ぼくの霊魂であるなら、経で呼び寄せられ、五十九品もの食べもの飲みものを見てしまったら、もう迷うことなくブータンにいついてしまうことでしょう。世界中であれほど空気のおいしいところはないですし、それに、人情は厚いし、子供たちの瞳は黒雲母のようにキラキラしていますし……。おっと、また脱線しました。

想像に戻ります。罪お浄めのお経は、ぼくのなかに謎を残しました。ブータンの旅を終えてからもいろいろ調べたのですが、その宗教的意味はわかりません。

ただ、日本からの長旅に疲れた故天皇の霊魂は、罪お浄めのお経にどれほど安心し、胸をなでおろしたことか、とぼくは想像しました。ましてや、いちいち事改めて罪を特定されず（いや、大づかみに特定されたのか、それは知りませんが）、他の霊魂同様、等しく曼陀羅《まんだら》の謎めいた宇宙を見ている御霊のひとつとして、優しさこのうえない罪お浄めの経を受けたら、早く日本に帰って天皇制継承の諸事万端を見守らなくてはなどと、堅苦しいことをおぼしめすはずがなく、やすんじて、聖なるトルローサ・イトスギや血のような花を咲かすバルバートム・シャクナゲが育つブータンの地に降霊されたのではあるまいか、と推察するのです。

それとも、私には罪などないとして、お浄めの経を峻拒《しゅんきょ》されたのでしょうか。かかる宗教を信ぜずと、憤然、くびすを返したのでしょうか。

とすると、ちょっと問題が起きるのでは、と拝察するのです。

『チベットの死者の書〈バルド　ソドル〉』（おおえまさのり訳編）によれば、「邪悪なカルマの免除のための儀式」が死者に対しとり行われる時は、導師の導きを死者（霊魂）が信じないと、死者は「不幸な状態の一つのなかに生まれるのは確実である」とされているからです。

チベットとブータンでは教義がずいぶんちがうのかも知れませんが、チベットにはじめて金剛大乗仏教を伝えたとされるグル・パドマサンババは、ブータンの伝説では、七四七年に虎の背にまたがりブータンにやってきたとされ、どちらの国でも敬愛されているからには、霊魂への僧侶らの対処のしかたの基本も似ているのでは、と思われるのですが、どうでしょうか。

裕仁氏の御霊が「不幸な状態の一つ」に生まれかわっている可能性は、しかし、かなり低いのでは、とぼくは大した根拠もなく〝楽観〟しております。これは、故天皇がブータンでこそ、真実、他意なく二心なく心の底から弔われたという事実を下地にしています。プラス、罪お浄めのお経です。御霊がぼくのようなブータンフリークになったとしてもごく自然でしょう。そこは、何度転生して観賞してもしつくせないほどのすばらしい植物の宝庫なのですし……。

大体、御霊は天翔てブータンに降りたもうた、とイメージした方が、民草《たみぐさ》にはどうにもわかりにくい日本的制度継承の手続きを考えるよりも、シュールでダイナミックですてきだと、思いませんか？　然して、天皇制継承の本義が、山折哲雄氏による見事な折口信夫解釈（『マージナル』VOL・02「大嘗祭と王位継承」）のように、古来、霊の継承にあるとするなら、これを信じる人々が大挙ヒマラヤ山中に入って霊を探しだしでもしない限り、天皇制はもはや継承不可能と想定するほうが、継承可能とする幻想より、同じフィクションとしてはやや上出来と、ぼくは気に入っているのです。

ところで、一方のフィクションを絶対権威化して、あまたある民草のフィクションを差別し、無化してきたのが天皇制利用者のやり方でした。

しかし、ブータンでなされた儀式は、そのいささかの合理性と迫真性と、なによりも大いなる優しさにより、ブータン政府の歳入（外国からの援助分を除く）の二倍を優に超す百億円も費やした大喪など一連のフィクションを質的に超え、奇しくも、天皇制継承の幻想にぼっかり風穴をあけたと思うのです。

中陰（バルド）の満ちる日、すなわち故天皇の四十九日、ブータンのジグミ・シンギ・ウォンチュック国王は、他のどの参列者より悲しみに沈んだ面持ちで日本での大喪に参列しました。

故天皇の御霊がブータンにあるなら、なぜ国王は大喪に参列なさったのか、とぼくのイメージ〝矛盾〟を衝く向きもありましょう。

しかし、これは矛盾ではありません。

国王は宗教を大事にしながらも、祭政一致を否定し、日に何人もの人々の直訴を聴き、官僚を叱咤し、非同盟、平和を旨に自力経済の確立を目指す優れた行政官でもあると聞きます。ま、実際は政治にいろいろ問題もあるのですが、大乗仏教カギュ派のなかのドルック派の宗旨を絶対化し、他国の様々の宗教を忌み嫌うような心の狭い方でもなさそうなのです。御霊の落ち着き先は御霊の自主性におまかせしたか、あるいは念頭になく、より広い立場から、大喪に参列し追悼されたのだと察することができるのです。

そして、これはつまびらかでありませんが、国王の大喪参列の日に、ブータンでも四十九日のためのなにがしかの儀式がなされた可能性があると仄聞《そくぶん》します。

特別法要が行われたタシチョゾンにも、第三代国王を祀った記念仏塔にも、美しいパロの谷間にも、ブータンにはいたるところ、大小無数のマニ輪がありました。手動のものあり、風の力、水車の力で回るものありで、それらマニ輪につけられた小さな鈴や鐘が、輪の回るごとに澄明な音を鳴らし、小鳥の声、渓流の音と溶けあっていました。

一つ回すと一つ罪が減ると教えられ、山ほど罪のあるぼくは「オンマニペドミホ」と、教えられた通りに唱えながら、何度も何度もマニ輪を回したのでした。

マニ輪、ロンダル、ダルシンの霊気だけでなく、ブータンには、「われわれには急激な都市化よりシンプルライフが合っている」といい切れるお役人がおり、格差是正と自然環境の保護を柱に、近代化政策につきものの公害を迂回してゆるやかに発展しよう（口上だけに終わらぬよう祈るのみですが）という醒《さ》めた叡知《えいち》と学ぶべき逆説もありました。

その世界を、ぼくは、スタニスワフ・レムが創った架空の惑星ソラリスの「考える海」のようにも感じました。ブータンもレムの「考える海」のように、人間の遠い記憶を形にしてみせている気がしたからです。故天皇がブータンへの遥かなる霊の旅で、なにをお感じになったか、「過去」についてしんみりとなにかおぼしめしたか、これも想像するしかありません。

初出＝「朝日ジャーナル」一九八九年十一月十七日号

ホテル・トンニャットの変身――一九九〇年

あなたは「ホテル・トンニャット」に泊まったことがありますか？　ない？　残念なことです。

世にも珍しいボロホテル、不便を絵にかいたようなホテルでした。けれどもこんな素敵なホテルはありませんでした。歴史的意味を超えてたたずむモノたち、生き抜くことの達人たちが、作者のいない風景をひっそりと演じていたのです。はっとし、しみじみさせられる風景であり無言劇でした。ホテル・トンニャットは、泊まりがけで観る、そうしたいならあなたも役者になれる劇場だったのです。

テーマは常に「生き延びる」でした。

と、過去形でお話しするのは、もうなくなるからです。骨格は残りますが、中身はすっかり変わるでしょう。全面近代化、完全改修、増築、管理運営大刷新――に踏み切ることになったのです。

ホテル・トンニャットの２２４号室に約二百四十日を暮らし、このホテルの宣伝マンになろうと考えたほど惚れこんだ私としては、改修、大刷新の内容に正直わが耳を疑いました。あろうことか「五つ星」のホテルに生まれ変わり、もっともっと外貨を稼ぐというのです！　あなたに見せたかったモノ、人、風景が締めだされることになったのです。

私は泣く泣くホテルを引っ越しました。

が、ひとしきり嘆いた末に、「まてよ」と思い当たりました。これはひょっとして、資本主義も社会主義も「五つ星幻想」に浸《つ》かりこんでしまったこの世紀末を渡っていくための、トンニャット一流のあざとい「偽装転向」ではないのか。トンニャットのテーマ「生き延びる」は、「世界の五つ星化」がまさにその五つ星思想の誤りゆえに将来収拾つかぬほど破綻した時、ボロをまとった最強の思想としてぐわっとその本体を現すのではないか――と。

そうなるかならないか、ま、私の話を聴いて下さい。

1

ホテル・トンニャットは、スウェーデンの故パルメ首相が一九七二年十二月に発表した「米軍の爆撃はゲルニカ、リディツェ、オラドールなどにヒトラー・ファシストが行った残虐行為と同じである。米国はこれら荒廃の町のリストにまたひとつ『ハノイ』を加えたことになる」という北爆非難の声明にでてくる、そのハノイの目抜き通りにあります。

世界の同情を集めた当時に比べ、衣食はずいぶん良くなりましたが、住や水や光はまだまだです。もの乞いも少なくないし、見ようによってはいまも「荒廃の町」です。モノだけでなく歴史をさえ大量消費している西側の同時代からとり残されて、除《の》け者のように暮らしている町。そのくすんだ辺境の雰囲気に溶けるようにして、トンニャットは立っています。

このホテルが見てきた歴史は、なにも北爆だけでありません。

開業は一九〇七年、一九一一年の両説ありますが、後者が有力です。フランス領インドシナ連邦時代で、当時はむろんトンニャットではなくフランス経営の「ホテル・メトロポール」という名前でした。

ロビーから最上階の四階まで楕円の吹き抜けがついた白亜のフランス建築で、九十四室。「五つ星」そのものでした。通り一つ隔《へだ》てた向かいにインドシナ総督府（現在はベトナム政府迎賓館）があった関係で、メトロポールの客は外交官、高級官吏が主で、他に銀行家、大農園主が泊まったようです。昼は総督府やインドシナ銀行に行き、夜はホテル一階のホールでダンスパーティか、すぐ近くのオペラハウス（現在は市民大劇場）で観劇という文字通りコロニアルな生活だったでしょう。

世界資本主義は独占金融資本の世界制覇により帝国主義段階に突入した、などとロシアの革命家たちが考えていたころ、このホテルはその後の数奇な運命も知らず、パリと同じシャンデリアをキラキラ光らせ、フランス香水の匂いを漂わせていたのです。

一九三〇年、香港でベトナム共産党成立（一九九〇年二月、ハノイで結党六十周年を盛大に祝いました）。ホテル名が後にトンニャットになる遠因です。えいやっと歴史を十年はしょって一九四〇年。日本軍が北部ベトナムに進駐します。

『浮雲』（林芙美子）の幸田ゆき子が日本軍の車で「海防《ハイフォン》」から「河内《ハノイ》」に着いたのは、それから三年後のこと。ゆき子がメトロポールを目にしたかどうかは残念ながら記されていません。ですが、ハノイからダラトに行く途中で泊まったビンのグランド・ホテルの印象を「これはまるでお伽《とぎ》話の世界である」と書いています。

「星」の理屈でいえばグランド・ホテルは「三」ぐらいのものですから、メトロポールは「内地」から来たゆき子が見たら卒倒するほどの豪華さであったと想像できます。もっともホテルの外のベトナム民衆はそのころ、日仏二重支配・収奪で餓死者がでるほどひどい目にあっていたのですが。

一九四五年の三月に日本軍は突然フランス植民地軍を武装解除し、総督府を乗っ取ってしまいます。将校たちは回転扉に軍刀をがちゃがちゃぶつけてホテルにも押し入ってきたでしょう。

この年の八月十九日、ベトミンと民衆がハノイで蜂起し、全権力をいったん掌握します。ホテル前からオペラハウスまで人の波がうねり、メトロポールのガラス窓は大歓声に震えました。そして九月、ベトナム民主共和国の誕生。しかしメトロポールの完全接収にはいたらないまま、翌年には第一次インドシナ戦争に突入します。一九四六年十二月のハノイ攻防戦でフランス軍は戦車を動員、ハンブン街に大砲を発射したといいますから、ホテル屋上からでも火柱が見えたでしょう。

その後、ベトミンと共産党はハノイを退《しりぞ》いてフランス軍と血みどろの戦闘を展開し、ディエンビエンフー攻略を経て五四年、ジュネーブ協定調印にこぎつけます。ベトナム民主共和国の人民軍がハノイに入城し、各機関を完全接収したのは、その年の十月十日でした。メトロポールはここに「ホテル植民地」の歴史を完全に終え、「ホテル社会主義」として生まれ変わり、間もなく南北統一の悲願をこめてホテル・トンニャット（統一）と命名されるのです。

2

ここまでの歴史を考えるにつけ、ホテル社会主義いやホテル・トンニャットの今日の様変わりは皮肉というほかありません。

なぜなら、トンニャットは前身のメトロポール誕生からほぼ八十年にして、旧宗主国フランスの会社と合弁し、フランスの建設会社が改修、増築に当たり、九一年から十五年にわたりフランス側によって管理運営されることになったからです。

西側との合弁、「五つ星」指向はホーチミン市（旧サイゴン）では別に耳新しい話ではありませんが、ハノイは名にしおう強力な共産党のお膝元。トンニャットの操《みさお》のかたさも夙《つと》に有名でした。「偽装転向」でなければ、まるで先祖返り、今はやりの資本主義の勝利、社会主義の崩壊、歴史の回帰みたいなものです。

国営ベトナム通信（VNA）の報道によれば、新しいホテル名は、なんとかつてのメトロポール、これまでのトンニャット、合弁相手のプルマン・インタナショナルの名前を全部取り、新しい順に並べて「プルマン・トンニャット・メトロポール」となるよしです。

じっと見ていると、資本主義（プルマン）↑社会主義（トンニャット）↑植民地主義（メトロポール）といった流れの、「アジア型社会発展史」みたいな暗示にかかりそうです。

北爆の時代には防空壕が掘られていたホテルの裏手に二百五十室を増築し、プールにサウナにテニスコートをつくり、中央冷暖房、遠隔通信システム、コンピュータ管理を導入し、前述の「五つ星」ホテルを実現するそうです。

フランス側は九〇年夏からベトナム人ホテル職員のトレーニングを開始します。一部幹部職員はパリで研修です。ああ、パリの高級ホテルの、例の慇懃《いんぎん》な笑いが、新トンニャットでベトナム人ギャルソンによって笑われることになるのでしょうか。

改修完了は九一年春で、直ちに営業を開始し、増築終了はさらに一年後の予定です。収益配分は、総額二千六百万ドルの投資比率に応じて、ベトナム側七、フランス側三です。

予想されるお客は、インドシナへのコロニアルなノスタルジーをいまだ棄《す》てきれないフランス人、次にとにかく「五つ星」大好きの金持ち日本人ではないか、ソ連からの観光客はもう高くて泊まれないだろう、米国人はまだベトナムに観光感覚を持てないだろうから、どうだろう、来るだろうか、などなどハノイでは皮算用しきりです。

3

さて問題は「五つ星」に舞台を譲ることになったトンニャットのモノたちです。消えていくモノたち、あなたにも是非見てほしかった無言劇の役者たちです。

私がざっと推定するだけで、解雇確実なのは、しょっちゅう故障するソ連製トランス、天井《てんじょう》から吊された扇風機、中国製コンセント、電球取り替え用の木製脚立《きゃたつ》、理科の実験でこしらえたみたいなハノイ製石鹼、ごわごわのトイレットペーパー、通じない受話器、蠟《ろう》燭《そく》、ハノイ製石油ランプ、中国製魔法瓶、水のでないビデ、シーメンスの旧型テレックス、薄茶色に変色したシーツ、同バスタオル、鳥籠《とりかご》形ネズミとり、「泣くベッド」、「人の形の窪《くぼ》みつきマット」、「ミーシャの電気スタンド」、「腕木つき蚊帳《かや》」、「笑う給湯タンク」、「千《せん》変鏡《べんきょう》」、「オブジェの消火器」……もう数え切れません。

リストアップしているだけで、これらのモノたちが、ジュネーブ協定後のトンニャットをいかに必死で支えてきたか、その労苦がしのばれます。実にタフなものです。

さて、かぎ括弧に入れたモノたちは私が命名したものですから、若干の説明が必要でしょう。

先ず「泣くベッド」。

深夜、人を載せていないのにベトナム製の木のベッドが幽《かす》かに「キリキリキリ」と音をだすのです。軋《きし》んでいるのではないのです。たいていの部屋にヤモリがいますから、最初はヤモリの声かと勘違いしますが、そうでもありません。

まったく詩的感覚というものを持たない友人を動員して調べましたが、たしかにベッドの木の台が「泣いている」（とその友人は表現しました）のです。

どのベッドもそうだというのではありません。私は224号室のベッドが夜泣きするのをしばしば耳にしました。原因不明。それほど究明する気になりませんでした。仏領時代から変わらぬ高さ四・五メートルの天井、そこから下がる裸電球、光が行きわたらないほどだだっ広く淋しい部屋です。ベッドがキリキリ泣くぐらい不思議じゃない気がしてくるのです。

「人の形の窪みつきマット」。

藁《わら》の詰まったベッドのマットが人の形に凹んでいるのです。少なくとも三十年は前、南ペトナム解放戦線が結成されたころから長く使用されてきたために、自然に窪んだのでしょう。

ひどく大きな人の形ですから、何人ものロシアおよび東欧人客が少しずつ形成したと思われます。酒に酔った時には、この凹みに埋まって眠ればベッドから落ちない利点があるだけでなく、自分も僅《わず》かながら凹みをつくるという歴史参加の感覚が味わえました。

ところで、あなたは小熊のミーシャというのを覚えてますか?

八〇年のモスクワ五輪のマスコットです。裸電球を突っこんだだけの最も単純な電気スタンドの台に、プラスチックのミーシャが目一杯笑って立っているのが、「ミーシャの電気スタンド」なのです。私はこのスタンドで本を読みました。

「ミーシャの電気スタンド」は、じつはソ連からの対越援助物資で、トンニャットにはかなりの台数がありました。マスコットと電気スタンドの機能はなんの関係もないので、ミーシャがもぎ取られてしまったのもありました。

ベトナム軍のカンボジア侵攻(一九七八年末)、ほぼ一年後のソ連軍のアフガニスタン介入、西側のモスクワ五輪不参加……。あのころから米国に勝ったベトナムの大正義も、社会主義の理念もなんだか空しいものになって、世界は正邪善悪のはっきりしない時代になったなあ、とミーシャの笑顔を見るたび思ったものでした。

そういえば、日本では「ミーシャ倒産」というのがありました。ミーシャのキャラクター商品を大量につくってブームをあてこんだものの、結局日本の不参加で売れはしなかったのでした。売れ残った日本のミーシャたちは結局どうなったのかしらん、などとベッドの窪みに身を埋めて想像したものです。

「腕木つき蚊帳」は、人の形の窪みつきベッドの背もたれにセットされていました。四十歳のヒエンさんという男性が夜七時半ごろやってきて、普段は畳んであるこの腕木をパッパッと伸ばし、ものの三十秒ほどで白い蚊帳つきベッドをこしらえてくれました。記憶する限りトンニャットで受けた唯一のサービスらしいサービスでしたが、後でこれは「制度」ではなくヒエンさんの自発的意思であることを知りました。

4

トンニャットの浴室には東欧製（?）とみられるクリーム色の給湯タンクがありました。大人の背丈ほどで、横腹に「ELETVESZÉLYES ÉS TILOS!」と私には呪文のような外国語が感嘆符つきで書いてありました。停電していなければすぐ風呂一回分の熱湯がでるなかなかのものでしたが、私の部屋のは、時々夜半に「グッグッグッ」と、相撲取りの含み笑いのような音を発しつづけました。これが「笑う給湯タンク」です。

酔っ払っている時に、この「グッグッグッ」を聞くと、タンクが太鼓腹を揺すって笑っているように見えてきます。サーモスタットの不調でしょうか、タンクが笑う時、水のでなければならない蛇口《じゃぐち》から湯がでて、湯がでるべき蛇口から水がでたり、あるいは両方から熱湯がでるという怪現象が起きることがあります。

蚊帳吊り名人のヒエンさんにみてもらおうと浴室に連れてくると、あれあれ摩訶《まか》不思議、すべてが正常化していて、逆に私の顔がまじまじとのぞきこまれるという具合。相当のいたずらタンクです。

でもどんなことにも慣れというのはあるもので、しばらくしてヒエンさんの助けを求めることもなくなりました。いたずらがはじまったら「エレッベスゼリエス・エス・ティロス！」と、タンクの横腹に書いてあるやつを、私流の発音で、大声で唱えるのです。いたずらを直ちにやめる時も、逆に抵抗する時もありますが。

浴室の洗面台（これはTOTOでした）のすぐ上にはメトロポール時代からの、燭台のように立派な彫りのある真鍮《しんちゅう》の石鹼置きがありました。そのさらに上にベトナム製の鏡。「千変鏡」です。

これは、私の顔を二度と同じようには映さないという愉快なやつで、角度によっては、昔テレビに時たまでていた、あの顔中の皮膚をゴムマスクみたいにいかようにも寄せてしまう、〝クシャおじさん〟でしたっけ、そんな私が鏡の向こうにいるのです。もちろん、角度を変えれば、よくしたもので優男《やさおとこ》にもなれるわけです。この鏡と「笑う給湯タンク」だけで幾晩か遊べたものです。

廊下にでてみましょうか。

花崗岩《かこうがん》をタイルのように切ってはめた床があります。傷つかぬようにリノリウムのカバーをかけていますが、往時は、ふかふかの絨毯《じゅうたん》が敷きつめられていたといいます。

蛇口の締まりが悪いのでしょう、いつもどこからか水音が聞こえてきます。煤《すす》けた壁。天井の裸電球。全体に灰色です。しかし、ところどころに目も鮮やかな真っ赤なオブジェが配置されています。思えば、なくてはならない配色です。長さ五十センチほどの消火器です。これが「オブジェの消火器」。

消火液を放出するゴムホースがメガホンのように先が太くなっているユーモラスな形です。ゴムがすでにモロモロになっていますから実用には使えそうにもありません。でもメイドたちは毎朝、この消火器を高価な花瓶にするように布巾で拭《ふ》くのです。よく見ると「MT12二氧化碳灭火机」「中华人民共和国制造　一九七一年四月」と黒字で書いてあります。

これも援助物資。製造年からすると、実際にベトナムに送られたのは北爆の最中の七一年後半か七二年でしょう。多分、北爆の「火を消すように」と。

でも七二年二月には北爆再開の責任者ニクソンが訪中し、その後の世界政治の構造変化につながる米中共同声明を発表しています。

中国は北爆の主を招いてみたり、ベトナムに消火器を送ったり、だったわけです。米国はニクソン訪中期間中にも北爆をつづけ、さらに七二年十二月にはハノイ、ハイフォンの病院を含む人口密集地区に五万トンの爆弾投下という最大の北部都市無差別攻撃を行っています。

なんという歴史でしょうか。でも中国製ＭＴ１２型消火器はその後十八年間も、ホテル・トンニャットで赤いオブジェとして静かに存在しつづけ、布巾で磨かれていたのでした。

5

さてトンニャットの素敵なモノたちの今後の行方ですが、ただ廃棄されるということはまずありえません。新ホテルが「五つ星」になっても、回転扉から一歩外にでれば、「星」など無縁の世界ですから。当面、別のホテルに行ってモノたちそれぞれの任務をつづけるか、どこかの家に払い下げになり、故障してもあくことない修理、修繕を経て恥も外聞もなく生きつづけることでしょう。

ホテル・トンニャットには、メイドたちが掃除のたびに私たちの捨てたゴミの仕分けをする風景もありました。

インスタントコーヒーの空き瓶、ミネラルウォーターのポリエチレン容器、ジャムの空き缶、着古しの下着、朝刊だけで三十二頁もある日本の古新聞、チビた石鹸、プラスチックの使い捨てフォーク……は、いずれも「有用」と判定され、彼女たちの手で再び命をあたえられるのでした。

モノの使用価値も交換価値もそれ自体に備わっているものでなく、人によって見いだされるものなのだというごく単純な事実を、私はトンニャットで思いだしました。

日本のように、モノが相対的な価値表現を恐ろしい速度で、しかも無限に変化させている社会では、日々鮮度を失うモノたちを次々に「無用」と判断する感覚だけが異常肥大させられて、生産、消費、廃棄の連鎖の果てに、人はみずからをすら「有用」と判定できないレプリカントとして、燃えないゴミの山への自殺行に列をなすのではなかろうか、など と埒もないことも考えました。

うずくまってゴミの仕分けをする彼女たちの背中に、社会主義のダメさ加減を見るより、ダメさのなかで生き延びてきた人々の、凄まじいタフネスを感じて圧倒されるほうが、崩れゆく社会主義に対する私たちの正しい関係のありようではないのか。トンニャットはそう教えてくれました。

いずれにせよ、トンニャットにも「五つ星」がやってきました。いつまで「偽装」を保てるのか、「偽装転向」のつもりが「五つ星思想」にとりこまれてしまう可能性はないか、まだ不分明です。

たった一ついえるのは、アジアの社会主義には、東欧のようにさしあたり回帰できる過去がないということです。トンニャットの回転扉を逆に回してタイムスリップしても、苦難の時代ばかりです。速度は遅くとも先に進むしか手はありません。

6

トンニャットが改修のためお客を締めだす数日前の昼下がり。

一階ロビーのバーで、中年の米国人二人が沈んだ顔でハイネケンを飲んでいました。背中に「VIETNAM VETERANS CLUB」と黄色で刺繍《ししゅう》した揃いの黒っぽいジャンパーを着ていました。ベトナムで戦ったことのある元兵士です。

回転扉から入ってすぐ左手のテレックス・ブースで、もう十年もここでオペレーターをしているビンさんが、シーメンスのキイをものすごい音をたてて叩いています。ビンさんの背後の机に彼女の菅笠《すげがさ》がチョンと置いてあります。

ロビーの窓際の、クッションのない黒い椅子《いす》にロシア人の老人夫婦三組が、疲れ切った様子で無言で座っています。

竹籠にオックニョイ（タニシ）を山ほど積んだ天秤を担いで、老婆が窓の外をゆっくりゆっくり通りすぎて行きます。

通路を隔てた向かいの椅子ではベレー帽のベトナム人が、顔でも洗うように近づけて

『ハノイモイ』紙を読んでいました。

VIETNAM VETERANSたちに、トンニャットはどうかね、と私はまるでマネージャーみたいな気分で声を掛けてみました。額の禿《は》げあがったほうが、頬を少しチックのように痙攣《けいれん》させて、応じました。

「ジャスト・シッティ（ひでえとこだね）」

これが、私の記憶に残っているホテル・トンニャットの最後の風景です。

（後記）一九九三年にハノイを再訪した際、私は改修なったトンニャット、いやホテル・プルマン・トンニャット・メトロポールに行ってみた。ネズミが走り回っていたボロホテルは、魔法のように、眩《まばゆ》いばかりの豪華ホテルに変身していた。蚊帳吊り名人のヒエンさんもテレックス係のビンさんもいなかっただけでなく、トンニャット時代の闇も黴《かび》くさいにおいも水漏れの音もすべて刮《こそ》げとられ、フランスから持ちこまれた調度がけばけばしい光を放っていた。純白のアオザイ姿の美人レセプショニストが薄汚れたジーンズにスニーカーの私を見とがめて、問うてもいないのに「本日はあいにく満室でございますが……」とよどみのない英語で声をかけてきた。丁重な、しかし冷たい語調に懐旧の情が消しとび、トンニャットは偽装ではなく、ほんとうに転向したのだと思い胸が痛んだ。プルマン・トンニャット・メトロポールはその後、ソフィテル・メトロポール・ハノイに名前を変えた。九五年四月現在、スタンダード・ルームの室料は百八十四ドル（プラス税・サービス料）である。私がいたころは三十五ドルぽっきりだった。

初出＝「中央公論」一九九〇年七月号

核軍縮と哲学の貧困——一九八七年

『続齊諧記《ぞくせいかいき》』や『譬喩経《ひゆきょう》』に見える大昔の中国の説話には、人間が口のなかから別の人物を吐きだして関係をとり結ぶストーリーがある。この話の不可思議な魅力は、口から吐きだされた男や女がまた自分の口から他の人物を吐き、戯《たわむ》れたり浮気したり裏切ったりした後、またまた吐きだされた人間が別の人間を吐きだし、さらにまた……とつづく無限性にある。

逆にこの無限性をこばかにするように、吐きだされた者たちが、最終的には、自分を吐きだしてくれた者たちにより、まるでマトリョーシカみたいに順序よく呑みこまれて話は収斂《しゅうれん》していくのだが、虚構を次々に現実のように吐きだしておいて、余韻たっぷりに、しかしきちんと無限幻想を呑みこみ、結局なにもなかったことにする筋立てが面白い。

さして教訓はない。

深読みすれば、別の者や物を吐きだしてそれと遊ぶ行為は、人間欲望の象徴のようにも見える。吐きだされた者が、しばしば吐きだしてくれた者を裏切って、自分が関係したい者を自らの口から吐きだし、戯れをはじめると、前の関係性からのパラダイムの転換が起きているようにも見える。

しかもこの転換が無限につづく。それは、進歩でも退歩でもない。

1

SS4は一九五八年以降に配備された。SS20は七七年から、SS12は七八年以降に配備された。SS22は七〇年代には開発されていなかったけれども、米国が八三年にパーシングⅡの配備を開始したのに対抗して、八四年に配備された。そのパーシングⅡはSS20配備に対抗して開発されている。また、パーシングⅠaは六〇年代に西ドイツに配備された。

地上発射のICBMは六〇年に米ソ合わせて二十数基しかなかったのに、八七年の現在では二千数百基、弾頭数は八千数百もある。六〇年に世界で数十基しかなかった海上海中発射のＳＬＢＭはいま、米ソ合わせ千五百数十基、弾頭は九千もある。

しかし、これらすべては以前、地球上にまったく存在しなかったものである。人類が吐きだした核時代は、確実に前の核時代のパラダイムを転換して、新しい核時代を次々に吐きだしてきた。

ところがいま、米ソ中距離核戦力（ＩＮＦ）全廃条約調印により、両国は双方が持つ総核弾頭数約五万発のほぼ八パーセントにあたる四千百発余の弾頭を廃棄することになった。さらに戦略核五〇パーセント削減への動きがつづいている。

これを、多くの新聞、テレビに唱和して、人類史の前進と呼ぶのを、ぼくはどうしてもためらってしまうというのが、本稿執筆の動機だ。これまで吐きだしてきた核時代とその貧困な哲学をすべて、『続齊諧記』のなかの説話みたいに、なかったこととして、順序よく呑みこみ、完全なゼロ地点に立つまでは、吐きだしてきたことの部分的呑みこみについては、手放しで喜ぶべきではないとぼくには思えてならないのだ。

実際、今回の米ソ首脳会談は、これまで吐きだしてきた核時代の無限幻想の半分も呑みこんでいないのである。であるなら、これは、新たな核時代ないし非核・異種兵器の新恐怖体系へと向かう転換なのではなかろうか、はたまた有限空間でのオーバーキル（過剰破壊）能力が誰の目にもはっきりしたために、〝ほどよく殺す〟核体系へと移行するきっかけなのではあるまいか――と怪しむ権利と十分な理由が、四十年におよぶ核時代の貧困な哲学を押しつけられてきたぼくらにはある。

レーガン大統領はＩＮＦ全廃条約調印式の演説で、ソ連の格言を引いて、「トラスト　バット　ベリファイ（信ぜよ、しかし確認を怠るな）」と、おどけてみせた。ゴルバチョフ書記長が「いつ会ってもあなたはそれをいう」とまぜっかえし満場爆笑。

巨額の富と先端技術のすべてと知力を投じ、その分だけ多くを犠牲にしてつくりあげてきた兵器体系。その一部を廃棄する条約調印のセレモニーでのやりとりがこの程度か、とぼくは思う。コンピュータを駆使した精密計算、冷徹さ、核体系の無限の脅威、なにより機能主義的デザインである核ミサイルの形象と、「トラスト　バット　ベリファイ」という日めくりにでも書いてありそうな古くさい格言との不《ふ》釣《つ》りあいに呆れてしまう。

だが、この不釣りあいはそのまま、核時代の兵器の精度とパワーがじつに貧困な哲学によって支えられているという事実に、完全に釣りあうのである。

五〇年代後期に核独占をソ連に破られた米国は、大量報復戦略（Massive Retaliation）ないしニュールック戦略という哲学を吐きだした。ソ連から本格的攻撃を受けたら、核積載の戦略爆撃機で直ちに巨大な報復をするという前提で、核戦力を構築することにより、戦争を抑止するという論理である。

段階的抑止戦略（Graduated Deterrence）という哲学も吐きだされたことがある。ソ連が通常戦力で侵略してきて、これに反攻できない場合、戦術核兵器を限定使用し、それでも防ぎきれない時は段階的に対応戦略を拡大するが、戦略核の使用は極力回避したいという考え方であった。

さてその後、六〇年代には確実破壊戦略（Assured Destruction＝AD）という狂気の哲学が吐きだされた。敵から先制の核攻撃をかけられても、その敵に決定的ダメージ（たとえばソ連の人口の二〇～二五パーセント、工業能力の五〇～六七パーセントを殺戮、破壊）をあたえ得る確実な戦略核戦力を打ちたてるという発想である。

驚くべきことに、米ソはこのAD体系をその後ほんとうに実現し、七〇年代以降は、相互確実破壊（Mutual Assured Destruction＝MAD）状況という文字通りのマッド時代を生んだ。そうすることで米ソは互いに恐怖で凍りつき、核軍拡が行き詰まることになるのだが、今度はレーガンが戦略防衛構想（SDI）という哲学を吐きだし、MADによる病的膠着《こうちゃく》が崩れる。INF全廃条約はこうした中で調印されたのであった。

2

しかし、地球の命を代償に、核兵器を神としてしまった狂気の哲学は、「核なき世界への道をともに進む」とゴルバチョフが語り、「平和への祈りをやめたことがない」とレーガンがうそぶいても、一万数千メガトンの核が現実に存在する限り、死に絶えることはない。この哲学は核の実在によってのみ青筋をたてて勢いづくのだ。

忘れてならないのは、「核なき世界を」とぼくらが語りかけられ、奇妙な安心を感じるとしても、現実に地球破壊規模の核が存在するというばかみたいに単純な事実なのである。

核があるにもかかわらず安心を感じるというこの矛盾。核の保有者は、核の脅威を背景にしてこそ、少し減らすということにより、ぼくらを〝安堵《あんど》〟に導くこともできるのであり、ウオーモンガー（戦争屋）から、突然、〝平和〟創造の英雄にもなれるというわけだ。

換言すれば、破局の脅威が逆に彼らを支えるのである。核を神とする哲学は、だから、依然有効なのだ。

こうした哲学の主は、では、ジェームス・キャグニーみたいな映画の悪役のような顔をしているかというと、必ずしもそうではなく、むしろより多くは誠実な顔と心の持ち主だったりもする。つまり、貧困の哲学の主には、彼ら特有の顔はないといえる。顔なんかで思想を判断してはならないのである。

たとえば、キャスパー・ワインバーガー。米国防長官時代の記者会見で間近にこの人物を見たことがあるけれども、別に尊大でなく、恥ずかしそうな笑い方のできるインテリであった。軍事論文にトルストイを引用し、バードウオッチングが好きで、私利私欲のない、良き家庭人なのかもしれない。

MAD状況とは、別に悪相をした人物の悪意でつくられたのでなく、むしろ誠実で賢そうな顔をした人々の〝善意〟でつくられた可能性がある。だから、彼らの誠実さ、善意、好人物ぶりにぼくらの期待をつなぐのはおかしい。

自己を機構の一部にあるいは全体に同一化する者たちには通常、罪の意識がないのだ。思えば、会社でも同じではないか。愛社精神と誠実無私の業務がじつは日々に狂気を生産していたりもする。

だが、貧困な哲学は、寝床で思惟《しい》されるのは誰にも許されるにせよ、核の生産を導く時、十分な犯罪となる。地球規模の凶器準備。その凶器を八パーセント減らす、いや半分減らすとしても、貧しい哲学の罪は減りはしないのだ。

ところで、核を神としてしまった哲学は、決して見かけほど底の浅いものではない。それは、核投下後の絶対零度《れいど》を神の体温とし、核シェルターの窓から破壊されつくした大地を眺めて、なお敵への報復核攻撃を誓うような究極の虚無哲学である。この哲学には、生身の人間などひとりとして前提されていないといっていい。

この哲学によって見られた世界とは、たとえばル・クレジオの言葉を借りれば、「物質《マチエール》の現実、その虚偽の数々にしたがって猿の目によって見られた現実。／蛸《たこ》の目によって見られた。／草やばったの眼によって見られた。／ひとでによって。海鼠《なまこ》によって。／ごきぶりによって」（『物質的恍惚』豊崎光一訳）見られた現実に似ているかもしれない。

世界をそのように見る哲学から核が生まれたのだ。いまや、それはそこここにある。ひたすら正確に、得心《とくしん》いく原因もなく。

この哲学はまた、世界をたった一枚の地図にしてしまった。

ミサイルを実体のない記号として語るやり方を世界に蔓延させた。

戦争を紙やスクリーンでの計算にすぎないとする感覚を人々に身につけさせ、世界は愉快なテクノ・ゲームの舞台であると思わせ、肉や骨が破砕される痛みと恐怖を忘れさせ、カタストロフをテレビ・ゲームで楽しむ遊びを念入りに教えてくれている。

貧困な哲学は、「きれいな水爆」（Clean H-bomb）を大まじめに開発する〝良心〟を人々にうえつけ、ナンシー夫人がロン（レーガン）に寝室で優しく囁きかけたので、ゼロオプションが実現したのかもしれないという素敵なストーリーを考えつかせ、豪華絨毯《じゅうたん》、カラーTVつき核シェルター売りだしの新業種を生まれさせ、ナンシーとライサ（ゴルバチョフ夫人）のファッションがINF全廃になんらかの関係があるかのように世界を明るく描きだしてみせた。

要すれば、この哲学は、破局と創世、破壊と生産、狂気と正気を同居させ、調和させ、恐怖も絶望も数量化することで、相対化させ、総核弾頭数の八パーセント廃棄が、あたかも恐怖と絶望の八パーセント減少であるかのような騙《だま》し絵を構成している、とぼくは思う。かりに、ぼくは、米ソ保有の五万発の核弾頭で五万回死ぬとする。その死がたったの四千回分減るからといって喜べるだろうか。

戦略核の五〇パーセント削減が今後うまく実現したとしても核配備体制はせいぜい十年前に戻る程度のことだという。現実には、米ソ核軍縮の真意はここ数年分の軍拡をなかったことにするぐらいのことだともいわれる。

核時代を吐きだし、破壊の可能性と戯れ、その核時代が別の核時代を吐きだし、そのまた……の連続が、一体いつはじまったのか、真のゼロの地平がどこだったか、忘れてはならないと思う。

ひとつの核時代をなかったこととして呑みこむのを黙って認めるにせよ、ぼくたちがこれを称賛し喜ぶのは、背後に連なる途方もない罪を許してしまうことになり、今でも十二分にはびこっている貧困な哲学から新たな恐怖の体系を増殖させかねない気がする。

いかにも残念なことながら、米ソ核戦力八パーセントの廃棄が、反核運動の結果ではないことも、あらゆる見地から明らかである。

ＩＮＦ全廃条約とは、核の脅威をつくりつつある国のそれぞれの事情に基づく、反対運動の意思とは無縁な、指導者間の手打ちなのである。核をつくりもすれば壊しもしてみせる、いわば生殺与奪の権を握る彼らの気ままなパフォーマンスが、あたかもぼくらが参加しているような装いで行われていることを、もっと怒ったほうがいいのだ。

つくる時も捨てる時も、ぼくたちの意思とはちがう国家意思が働いている。

それを「われわれの願い」が反映されたと考え、「運動の成果」と思いこむ自由ぐらいはぼくらにあたえられてはいる。けれども、そのように錯覚させるあざとい演出を貧しい哲学の主たちがやり抜き、マスメディアが挙げてその演出をもりたて、貧しい哲学をあたかも真に人間的なそれのように見せているフィクションに気づかないと、いつかは「蛸の目によって見られた」現実に、手ひどいしっぺ返しを食うのではなかろうか。

3

それにしてもなんとすごい記号、符号、符丁、数字の氾濫《はんらん》であろうか。ル・クレジオが、十字、棒、線、赤、匂い、煤《すす》、欲望、音、影、階、窓、扉、空、自転車、肉食、岩、灰皿、魚、葉、髪……あるいは、エル・ディアス・デ・ベンセントロ、ヴェス、A・ブルトン、ポンス・ドレオン、ジャッカン……と、説明のない名詞を無限に記述していく時、ぼくは羅列のなかに、頭の調子がよければ、物や人や風景の冷たかったりざらついたりする手触りを感じたりもするけれど、INF全廃条約文にある、GLCM、LRミサイル、SRミサイル、OTR22、OTR23、BGM109G、RK55、SSCX4、RSD10、R12、R14、SS20……の記号の連なりには、ほとんどなにものも感じることができない。

ひょっとして、これら記号と数字で示された実在は実在しないのではないかと思ってしまったりするのだ。

再びル・クレジオの言葉を借りれば、「言葉の数々はぼくに所属していなかった」のでぼくでは埋めることのできない空虚であり、「またもやぼくの目にうつるのは、他人たちの圧制の深淵、ぼくをして、ぼくではなしに一つの反映、こだま、軽蔑すべき余計な、くだらぬ存在としてしまう、埋めることの不可能な淵《ふち》である」と感じさせられる。

しかし、これも、貧困な哲学の効果なのかもしれない。

ゲームに興味ある者には、おびただしい記号がもっともらしい迷宮の形をつくり、恐怖抜きの権威を感じさせ、ゲームに興味のないぼくなどは記号たちから突き放され、全体としては核時代のなりゆきが放置され、同意されていくという効果なのかもしれない。

そのような効果を発揮させられている新聞はずいぶん罪深いと思う。

記号と数字のはざまに「大きな一歩」「人類の願い」「前進」「意欲」「歓迎と憂慮」などのクリシエイ《きまりもんく》を踊らせる新聞編集のセンスは、貧困な哲学にほどよく調和していて、核時代の闇の寸法と質に触れる能力をすでにして失っているかに見える。

核ミサイルの色つき模型を小道具にして無限恐怖を極端にわかりやすく明るいイメージに変え、主催者側の狙い通りの華麗なホワイトハウス劇を仕立ててあげてやり、米ソ政治の権威を必要以上に際立たせ、打算と妥協の交渉事を、人畜無害なソープオペラの感覚で、妻たち絡みの人間ドラマに変えてしまった日本のテレビの例によって底抜けに楽天的な罪も、核時代の病的活気を象徴しているようだ。

こうしたマスメディアがおそらく意識せず醸《かも》している不気味さは、ＩＮＦ全廃条約調印とは核なき世界への前進であると決めてかかるポジティブな判断の押しつけであり、ネガティブな冷笑をどこか許さぬ根拠のない自信だ。

ぼくもじつはそうした不気味さに少し怯《おび》えるのだけれど、たとえば、核兵器のスクラップ方法が、頭部を押しつぶすとか平らにするとか、機体を縦に両断するとか聞くと、その気の遠くなるような無駄と勃起したペニスがぶっ潰《つぶ》されるような無残な形状を想像して、ただ力なく笑ってしまうのである。

あるいは、核実験禁止に向けての米ソ共同の核爆発検証実験（ＪＶＥ）というロジックも、愚昧《ぐまい》の果ての知恵もしくはその逆みたいな気がしてならない。「発射によって廃棄されるミサイルは一時に一基とし、発射の間隔を六時間以上おく」（ＩＮＦ廃棄に関する付属議定書）というまじめな取り決めにも、とてつもない宇宙規模のマスターベーションを連想してなんだか厳粛な気持ちにはなれないのだ。

何基ものミサイルが本来のばかげた目的を失って、怪獣の悲鳴のような音を残して雲間に消えていくシュールな光景を想像しながら、おそらく、人類が時代とともに吐きだしてきた愚昧の哲学をすべてなかったことにするなんて、この先もそのまた先にもありえないだろう、とぼくは感じている。

初出＝「朝日ジャーナル」一九八七年十二月二十五日号

ファシストのいる風景——一九九一年

若者が雪道に青ざめた顔で立っていた。寒風吹きすさぶサンクトペテルブルク（レニングラード）のネフスキー通り。体に棒を一本突っこまれたみたいに直立不動である。灰青色の瞳が凍っているように拒否的なのは、寒さのせいだけでなく、いったん帯びてしまったものの考えで、体の内側が硬直してしまっているからだろう。膝の抜けた黒ズボン、綿《わた》入りの黒ジャンパー。たぶん黒ずくめを気どりたいのだろうけれど、洗いざらしで染色がさめているし、上着には灰色の継《つ》ぎも当てられているから、黒という色に威圧されるより、生活の厳しさを慮《おもんぱか》ってしまう。二十一、二歳か。胸に小冊子を掲げている。アドルフ・ヒトラー著『わが闘争』ロシア語版、一九八二年印刷、二十五ルーブル。

わずかでも食品のある店の前にはどこにも、着ぶくれて猫背になった人々の長い行列があった。雪道には母子のもの乞いがいた。サックスを吹いて小銭を得ている男もいた。スリも占い師もエロ本売りもいた。黒ジャンパーの青年のいる風景は、かならずしも異様には見えなかった。

こんなファシストの小僧っこなんかと話すのは時間の無駄だというエリツィン支持者のロシア人通訳を叱咤《しった》して、私は単刀直入に若者に問うた。君は、つまり、ソ連のファシストなのか、と。

彼は数回足踏みした。それから「いえ、ぼくは民族社会主義者です」と前置きしてから、言葉をところどころ滞らせながら語った。吃音《きつおん》の癖があるらしかった。

「ロシア人は少数民族に奉仕する従者ではなく、偉大な主人公にならなければなりません。民族と経済と政治を統合した新しい政体がいま必要なのです」

『わが闘争』はこの二ヵ月で千冊売れた。組織名はいえないが、同志はサンクトペテルブルクだけでも一万八千人いる。ソ連在住のユダヤ人は外国人扱いにすべし。バルト三国の独立は許しがたい。あの三国ではロシア人が除け者にされている。手を打つべきだ。白い湯気を吐き吐き男はうまくもない演説をした。

体が芯《しん》から冷えてきたので、反論もせずに私はその場をあとにした。

ペレストロイカが古井戸《ふるいど》の蓋《ふた》をこじ開けたら、いろんな顔をした魑魅魍魎《ちみもうりょう》が陸続と飛びだしてきた。ソ連の社会主義とは単に古井戸の蓋にすぎなかったのではないかと思われるほど、苔《こけ》の生えた井戸は化けものたちでいっぱいだったのだ。

一九八八年にペレストロイカを真っ向から批判する論文を発表して、保守派による反撃の尖兵《せんぺい》と騒がれたニーナ・アンドレーエワ女史（保守派政治団体「エジンストヴォ」議長）ともサンクトペテルブルクで会った。なにを食えばこんなに元気な自信家でいられるのか問うてみたくなった。まさに意気軒昂《けんこう》、ペレストロイカなんか搾取《さくしゅ》階級を生みだす反革命なのよ、と冒頭からぶちかますのだ。

揚げ句に、ブレジネフもだめ、フルシチョフもだめ、やはりスターリン時代に戻らなくてはと力説するのだから、ああ、不勉強だった、こういうおばさんもソ連にはしっかり生き残っていたんだと呆れて、私は口が半開きになってしまった。ゴルバチョフの勢力とは労働者のゼネストで対抗すると吠え、不屈のロシア人はなんとか、偉大なロシア民族こそかんとか、と叫ぶ。最後に、日本の被抑圧階級とも連帯したいといわれた時には、ろくでもない夢でも見ている気がした。

サンクトペテルブルクのテレビのニュース番組「６００秒」の人気キャスターで全ソ的評判を集めているアレクサンドル・ネブゾロフ氏とも会った。ソ連内務省軍特殊部隊（ブラックベレー）と同じ戦闘用迷彩服を着てどこか傲然とした、はっきりいって、できれば避けたかったタイプなのだけれども、ホテルに姿を見せたら、女性が嬌声《きょうせい》あげて駆け寄ってくるほどのスターであった。

このハンサム男、徹底的な反共主義者なのだ。ところが、リトアニアへのソ連軍の軍事介入は断然支持するといい、やはりロシア民族の危機をしきりに憂える。歯舞《ハボマイ》、色丹《シコタン》など北方四島の話になると、ひどく気色《けしき》ばんで、返還しなければならない謂われは毫《ごう》もないといい放つ。

ペレストロイカ、とりわけグラスノスチの浸透で、これまで抑えこまれてきた民族運動に火がつき、バルト三国、グルジア、モルドバなどが公然とソ連邦からの離脱に動いたことにより、ロシア人が全体として焦慮に駆られているのはどこでも歴然としていた。こんなはずではなかったのだがという、巨漢力士が小兵に蹴《け》たぐりで負けたみたいな表情を皆がする。注目すべきは、この焦《あせ》りが、ただでさえあるかなきかの合理主義を蹴散らして、露骨に居丈高《いたけだか》なロシア民族主義を古井戸から引きずりだしつつあることだろう。ネブゾロフ氏の話でも、あんなやつら（少数民族）にやられてどうする、という口吻《こうふん》が耳に不快であった。

それより気になったのは、このもてもて男の精神の不安定さであった。テーブルに伏せてぶつぶつと呟いていた顔を不意に上げて大きくため息をついてみたり、不安気に周りをきょろきょろ見たり、落ち着きがないといったらない。そうしつつ「この国はいまにひどいことになる」だの「戦車が出動する」だの「暴動が起きる」だの脈絡のないことを口走るのである。予兆を感じているのか、単に精神状況がよくないのかわからない。が、妙にいやな尾を引く乱れ方ではあった。

一九九一年前半の旅で私が会ったこの三人は①ファシスト②スターリニスト③反共民族主義者——というふうに大別できるかもしれない。この古典的レーベルと彼ら自身の手になる品質表示だけで素朴に考えるなら、②は①および③と相容れず、③すなわち①とはいえないはずだから、三者が交尾《つる》むことはまずない、とこうなる。しかし、これではまことに甘い。この社会主義の壮大な失敗作たる国の、うそ寒い街角ではすでに、三者がしっかりと抱擁しあい、頬すりあわせているように私には思える。

なぜか。分母が、おそらくは三者に共通なのである。「危《あや》うい公分母」ができつつあるといっていい。それは、ある種の切迫した民族的情緒であり、みずからつくったじり貧状況を他民族のせいにする大国的感情であり、傷ついた民族の誇りであり、長いこと隠されてきた暴力的衝迫である。この公分母とは、再び古典的レーベルを持ちだせば、民族排外主義というやつかもしれない。

危ないなと思う。スターリニズムと反共民族主義の差など、きな臭い公分母を下地にした、ささやかなバリエーションにしか見えないほどだ。この危険に比べれば、闇商人の跳《ちょう》梁跋扈《りょうばっこ》や官僚の腐敗など、よほど健全みたいなものではないか。主観的善意ときまじめさに支えられた民族的情緒の発揚ぐらい怖いものはない。自堕落のほうがまだましなのだ。

ラトビアやリトアニアで私は、独立派を弾圧しているブラックベレーへの入隊を志願中のロシア人青年と話した。共産党員だったが、言葉の正確な意味でいえば反共的であり、字面は憂国の士であり、考え方は十分にファッショ的であった。つまり、『わが闘争』を掲げた冒頭の青年とさして変わるところがなかった。彼らは、ユーモアのセンスに欠け狭量で律儀で暗鬱で全体主義的な、すなわち、必ずしもロシア人的とはいえないような反ロシア人的ロシア人により、しかしやはり紛うかたなきロシア人の一部によって、ロシア人たれと目覚めさせられたのかもしれない。

私はこの旅でなにを見たのだろうか。

それは、たぶん、おびただしい墓標をさらして渺々《びょうびょう》と広がる二十世紀思想史の墓場だったのだ。『わが闘争』を掲げ持った貧しい青年は、荒《すさ》み果てたそこに、ぽつんと立っていただけのことだ。

初出＝「エスクァイア」日本版一九九一年七月号を大幅改稿

汽水はなぜもの狂おしいのか——一九九二年

最近しきりに「汽水」ということを考えている。淡水と塩水の交わるところ、すなわち川と海との交差点に漂う不思議な水のことである。そこではフナとボラがすれ違ったり、ウナギとワカサギが隣りあわせに泳いでいたりする。

相模湾に注ぐある川の汽水域にシマダイがいるのを見て、わが目を疑ったこともある。狂おしく、異様な光景であった。いわゆる棲《す》み分けというのがおかしくなってきているのか、それとも、汽水という独特の水が、あい異なったものたちを誘《いざな》うのであろうか。

私の考えている汽水域は、しかし、河口や内湾のそれではなく、人の世界のことだ。架空の水である。冷戦構造そして社会主義体制の崩壊後、砕けた壁の間からこの汽水に似た水がどくどくと流れだし、その水が人を呼びこんで、どこか狂おしい出来事をこしらえているように思えてしようがないのである。

私は小説も書くが、本業は通信社の外信部記者なので、日夜外電や社の特派員電を読まなければならない。

＊

ある日、こんな原稿があった。米第六艦隊と旧ソ連の黒海艦隊が、地中海で合同演習した。指揮は黒海艦隊側がとり、第六艦隊のフリゲート艦シンプソンは命令を正確に実行した、というのだ。

敵はもはや定かでなく、平和といえば平和な風景である。

しかし、私はある種のもの狂おしさを感じた。淡水に棲んでいたものと、塩水を棲み家としていたものが、突然汽水に臨んで、緊張と弛緩《しかん》の両方を味わっているのではないかと想像した。

果たして、これを取材したタス通信記者は「異様であるとともに、うれしい光景」と、風景が腑《ふ》にストンとおちているわけでもなさそうな印象を書き添えていた。

こんな外電もあった。

米中央情報局（CIA）を退職して対テロ・コンサルタント会社を経営している人物が、かつてソ連国家保安委員会（KGB）の防諜部門の責任者だった人物を雇い、モスクワ支店長に任命した。支店長に独立国家共同体（ＣＩＳ）内の旧ＫＧＢスパイ網を操らせ、会社の対テロ活動に役立てるためという。

柱や梁《はり》が崩落した世界の瓦礫《がれき》をぬって、奇妙な水が流れている。

淡水でも海水でもないその水が、人の世の筋書きをここまで捩《よ》じり、反転させている。

汽水域で生まれている話はこれだけではない。

ベーカー米国務長官が、旧ソ連の核弾頭設計を担ってきたチェリャビンスク70の工業物理研究所を視察して、ロシアの核科学者を前に、彼らのいわば新しい就職先について演説したという外電然り。

ホーチミン市初の国際マラソン大会で、米国のベトナム帰還兵と元解放戦線戦士が肩を並べて走ったという報道然り。

現在の国際情勢からすればいずれも説明つかぬではないが、私は唖然《あぜん》とする。

＊

世界の各地で流れだした汽水は、見たところ、歴史的経緯も、かつて人を戦争に核軍拡に駆りたてた「大義」をも、恐ろしい勢いで溶かしつくしているようだ。悪いことではないのだろう。けれども、なにか狂おしく、滑稽で、哀しくはないか。

敵と味方がいつの日にか、地中海で合同演習をやることになる、マラソン大会でともに走ることになる、同じ企業で働くことになる、などと今日の筋書きをもしも一時代前からわかっていたならば……と、私はありえもしないことを考えてしまう。わかっていたら、あれほどの殺しあいも、軍拡競争も、恐怖の均衡に支えられた核時代の哲学も、私たちの時代は必要としなかったではないか。私たちはこれまで、ひょっとしたら、フィクションに踊らされて、おびただしい人命とエネルギーをただ空しく失ってきたのではないのか、と。だから、ばかばかしくて、そぞろ哀しい。

人知や歴史をあざ笑うような汽水の流れは、統合を目指す西欧と解体化している東欧の間にも、おそらく、音もなく流れ、難民を呼びこみ、野心家を手招きしているだろう。誰の目にもおいしそうに見えるこの水はまた、ネオ・ナチを誘い、狂おしいまでに元気づけるかもしれない。

いや、他人事ではない。日本と米国の間には汽水域がないなどと誰がいえよう。この水のなせるわざか、日米間ではすでにして、もの狂おしい発言が飛びかっているではないか。ごく身近には、外国人労働者と私の間に汽水に似た水が流れてはいないか。酒場のシートの、彼女と私の間に……。

＊

仕事が深夜、未明におよぶせいか、私の考えはどうも妄想じみてくる。まてよ、と思う。汽水域では浸透圧変化が激しくて、これに耐えられるものしか生きていけないらしい。そういえば、私が汽水で目撃したシマダイは、背びれがかしぎ、息も絶えだえであった。

シマダイにとって、汽水は幻の水であったのだ。

いま、世界の汽水域に集うものたちは、不意の浸透圧変化に耐えうるのだろうか。耐えられず、いつかは海のものは海へ、川のものは川へ還りはしないか。それとも、変化に強い新型の人の群れと社会が、世界の汽水域にはできつつあるのだろうか……。

そんなことをくさぐさ思い、私は仕事を終えて、熱くなった頭を冷ましつつ帰宅するのである。それから、小説を書こうとする。すると、ああ、汽水域のあの風景が脳裏にまた浮かんでくる。ベーカーを熱狂的拍手で迎えるロシアの核科学者たち。手に手を取ってマラソンするベトナム帰還米兵と元解放戦線戦士……。

世界が虚構を奪っている。

汽水に生じている現実のほうが、私のをふくむ凡百《ぼんびゃく》のフィクションより、よほどフィクションめいて見えてくるのだ。頭のなかで、虚と実がひっくり返る。汽水のシマダイのように、私は心乱れてしまう。

初出＝「読売新聞」一九九二年三月二日夕刊

Ⅳ

幻夜雑記

見えざる暗黒物質を追え

星の王子様は自分の星に戻る前に、ふとこう漏らしている。

「たいせつなことはね、目に見えないんだよ……」

長らく忘れていた『星の王子さま』（サン＝テグジュペリ）の言葉の深さを、最近、中学二年の女生徒からの手紙で教えられた。彼女は拙著『自動起床装置』の読後感をつづってきたのだが、星の王子様のこの語りを引いて、世の中の隅々《すみずみ》で起きている大事なことって、新聞やテレビなどで伝えられることの裏にひっそりと隠れていて、なかなか見えないものなのですね、と述懐しているのである。

正直、ドキリとした。拙著を褒《ほ》めてくれてはいるものの、他方で、彼女にとって「たいせつなこと」が一般に新聞には見つけがたいというのだから。似たような手紙は、『もの食う人びと』の読者からも多数寄せられた。

だいぶ疲れてきてはいるけれど、私だって新聞人の端くれであり、『もの食う人びと』はもとをただせば新聞連載である。でも、読者たちはどうやら拙著を新聞記事の「例外」ととらえているようなのだ。筆者としてはいささか不満が残るものなので、自著については擱《お》く。それにしても、たとえばサン＝テグジュペリの文の奥行きに感応する、しなやかな心の共鳴板と冴《さ》えざえした目とを、中二の彼女だけでなく、なんと多くの読者が持っているいることだろう。新聞が朝な夕なに、無機質で同工の曲しか奏《かな》でないのでは、その共鳴板はどうにも震えないということではないか。

新聞はもっともっと不可視の実在について語らなくてはならない。

宇宙論でいう「暗黒物質」（ダークマター）のような、見えざる存在を、見通す目と活写する気迫、技量を新聞は持つべきだ。テレビ映像などで世界の現象が即座に、しかも大量に見える分だけ、派手な現象の底に沈む「たいせつなこと」が見えない時代にわれわれは生きているのだから。

宇宙引力の実際の強さは、可視宇宙の万有引力の総和の何倍にもなるそうである。つまり、精度の高い観測機器でも捕捉できない大事ななにものかとしかいまのところいいようがない、暗黒物質というものが、じつは宇宙の営《いとな》みに大きくかかわっていることになる。

この地球の、冷戦後の動態もそうではないだろうか。超大国の対決の時代が終わったというのに、地域紛争は増えつづけている。富の偏在も飢えの問題にも解決の兆《きざ》しさえない。しかし、暗黒物質の正体をとらえきれないように、地域紛争にせよ富の偏在にせよ、それらの「なぜ」は新聞紙面から、しかとは見えてこない。

五五年体制崩壊以降の日本の政治状況についても同じだ。銀河星雲の爆発のような離合集散の現象は報じられても、腑《ふ》に落ちる「なぜ」がない。社会の正邪善悪の座標軸に、これほどひどい狂いがなにゆえ生じているかも不分明である。不可視のダークマターが、地域紛争を、日本の政治を、いやマスコミをも、それと知られず突き動かしているかのようである。

一体どうすれば、見えざる「たいせつなこと」と「なぜ」とを眼界に入れることができるのか。

おそらく、大胆で持久的な試行錯誤しかないのであろう。政治のマクロを無感動に鳥瞰《ちょうかん》する旧来の望遠鏡をたまにはうち捨てて、名もない衆生《しゅじょう》の嘆きと喜びの詳細を、データによるだけでなく、生の風景に分け入り、わがことのように書き抜く意気地《いくじ》と、どこまでも人間くさく低いまなざしが、まずもって必要ではないか。無機質の、なにやら権威じみたマクロよりも、切なくも感動的なミクロにこそ、読者はみずからを重ね、「たいせつなこと」を見つけるはずだから。

極大を扱った記事が極小のそれに遠くおよばず、生き生きした極小がなによりもたしかに極大の事態を伝えることがしばしばある。ダークマターは大げさな現象にでなく、その底に沈む細部に、ひそやかに宿っているのかもしれないのだ。

だから、尊大な視線を殺し、全体を見るのと同じ力で、かそけき細部をじっと見つめる。わけ知り顔の記者でなく、新聞の現状にいつも不満な、ひとりの読者兼記者でありつづける。見えざる「たいせつなこと」と「なぜ」をあなぐるために、別に新聞週間だからではなく、日々そのように私は意を決めていたい。それに、大人の（あるいは新聞の）偽善をたちどころに見抜き、付和雷同を嫌う、ちょっぴりひねた子供のような目を持ちあわせていたいものだ。

冒頭の女生徒の手紙への、これが私のさしあたりの返事である。

初出＝「信濃毎日新聞」一九九四年十月十五日

カエサルの死の現場にＢＧＭは流れたか

カエサルがローマの元老院議事堂で凶刃《きょうじん》に倒れた時、現場では、その死を劇的に彩《いろど》る音楽がジャジャーンと楽士たちによって打ち鳴らされたであろうか？

浅沼稲次郎が右翼の凶刃に倒れた瞬間と同様、次元は違うが、現場には一瞬の静寂とそれにつづくどよめきがあったとしても、ジャジャーンはなかったはずだ。実際の話、音楽どころでなかったはずである。

ソ連の政変でも中国の天安門事件でも、銃声や戦車のキャタピラーの音がしても、現場でオーケストラがベートーヴェンを演奏したりしちゃいない。つまり、歴史の変わり目にＢＧＭありというのは、ぼくらの大いなる幻想か幻聴なのである。

これはちょっとしたテーマだ。

いつごろから映像ニュースに音楽が、ピザパイにタバスコ、ホットドッグにマスタード

みたいに、つきものになったのだろう。昔観た東映ニュースなんてのは吉報にも悲報にも
大抵はベートーヴェンが荘重にかぶせられていただけと記憶するが、昨今のＴＶニュース
の音楽はそれと比べものにならぬほど高度になっている。
　おそらく、ぼくらが容易には驚いたり、哀しんだり、怒ったりしなくなってしまったた
めなのだろう。番組のイントロでアップテンポのテーマ曲を流して軽い緊張を誘ったと思
ったら、ニューズ・アイテムの変わり目にも切れのいい音楽を入れるし、ニュース映像そ
のものに現場の音と別ものの音楽をかぶせることも時にいとわず、番組のエンディングに
まで音楽的工夫をこらしている。まさに情報プラス娯楽のインフォテインメント化である。
　これが特集のドキュメンタリーとなるともっと激しい。もう音楽だけで泣けてくる。哀
しくて、哀しくて、観てるのがドキュメンタリーだったかフィクションだったか忘れるほ
どなのだ。たとえばＮＨＫの「モスクワ冬物語〜共同住宅の40日間」（ＮＨＫスペシャ
ル・一九九二年二月十六日放映）は、映像、音楽、構成、アングルともに絶品だったが、
途中だけを観たぼくの友人の何人かは完全な劇映画と勘違いしていた。ＴＶのノンフィク
ションを観ているぼくらのほうが、限りなく劇的フィクションに近いノンフィクションを
求めているともいえるし、優秀な制作者たちはそうした求めを先取りして、映像に音楽に
意匠《いしょう》をこらしているに違いない。

これでは事実報道がだめになるのではないか、と設問するとしたら、ぼくの答はイエスでありノーでもある。

カエサル倒るの現場にむろん音楽はなかった。毛沢東死去の時も、ゴルビー失脚の際も、現場に音楽はない。なのにニュース映像に音楽をかぶせたら、実態とずれるし、いらざるエモーションを煽《あお》るという理屈は成りたつ。今世紀はたしかに、ナチや社会主義のニュース映像でそれを経験している。

しかし、世紀末現代では事件現場自体がじつに両義的なのだ。現場の表層的描写がまったくの虚報になりかねないほどに、現場そのものが虚偽性をはらんでいる。これをちゃんと論じるとしたら、あと五十ページほど紙幅を費さなくてはならないが、とまれ、世界のほうがフィクションしている形跡がこのところますます濃厚である。

比べれば、ぼくの小説など程度の悪いノンフィクションといっていいほど、世界は虚偽的だ。とすれば、映像報道における音楽など大した問題ではなくなる。虚実のあわいを見抜く鋭利な目と犀利《さいり》な頭脳が映像をこしらえていれば、それを力づける音楽があってなに悪かろう。事実報道に危機があるとすれば、音楽でもインフォテインメント化でもなく、状況に対するＴＶと新聞の別を問わない視力の衰えに原因があるのだ。

かいなでのニュース映像をオーバーな音楽で演出するのは屍体《したい》にカンフル注射するよう

に意味がない。この先、ＰＫＯ法案があいまいに採決されでもしたら、与野党の癒着《ゆちゃく》ぶりをしっかりと報じ、ついでにシェーンベルクあたりでも流して、ぼくらの不協和音をさりげなく表現してもらいたいとは個人的に思うけれども。

いっそ、ヌーヴェル・ヴァーグ初期のフランス映画みたいに、モノクロ映像、音楽なし、最小限のナレーションなんてＴＶニュースをじっくりと観てみたい。色、音ともに潤沢《じゅんたく》なニュース映像よりよほど想像力がわきそうだ。豊富すぎる情報でぼくらは判断力を奪われっぱなしなのだから。

初出＝「ＢＳ　ｆａｎ」一九九二年七月号

『一次元的人間』

ＰＫＯ法案、中東貢献、お言葉問題などの新聞記事に共通して欠けているものがある。それは人間的内容である。昨今のマスコミはその欠如を、議会的手続きと形式と前例論議の記事で埋めてしまう。新聞記事は水気もにおいも失った、ぱさぱさのお粥《かゆ》に似ている。あるいは無機質の行政文書に。編集幹部は歴史観よりこの手の行政感覚を身につけているし、若い記者たちも行政センスで腹だちを腹に閉じこめてしまう。安定的社内行政が記事の質を劣化させていく。だから、この業界には、いまも昔も案外にトラウマというものがないのだ。人ひとりの生物学的死をこぞって「崩御《ほうぎょ》」と呼んでも、だ。「私」がいないのだから当然である。非在の私が精神の外傷を負うわけがない。責任は挙《あ》げて社にある。つまり、誰にも責任はない、ということになる。

いま読み直してみても、藤田省三氏が『天皇制国家の支配原理』（未来社）で使っている「天皇制的俗物」なるタームは、私たちマスコミ業界の者にこそぴったりの表現ではあると思う。藤田氏はこの種の俗物を「建前は天皇の絶対を認めておいて、実際は自分の恣《し》意《い》を貫くとか……」(「天皇制とファシズム」)と位置づけている。が、天皇制の多義性からしても、俗物の範囲はきょうび限りなく広いというべきである。ひれ伏すふりをして利用しているだけの政治家や、勲等をこい求めるマスコミ経営者や似《え》非《せ》文化人だけでなく、朝日も読売も崩御とやるからうちも……といったマスコミの編集幹部はいわずもがな、おかしいよと反発しつつ社の政策として受け容《い》れた顔のない記者たちも、いまごろこんなことを書いている私も、日本の曖昧模糊《あいまいもこ》として調和的な天皇制的俗物群とその文化を形成しているのである。しっかりそれを記憶しておくためにも、私たちはいま一度同著を熟読すべきだ。

マスコミはいま、現実社会に自己を同化させようという私たち哀しい俗物たちで溢れかえっている。錯綜する情報を一次元的に説明し、一次元的精神を再生産することを通じて、守る必要もない現実を日々補強している私たちは、故ヘルベルト・マルクーゼのいう『一次元的人間』(河出書房新社)たちなのである。この国のマスメディアには、かりによくても一・五次元程度の頭の男と女しかいないのだ。「摩擦がなく、道理にかなった、民主的な不自由」(「一次元的な社会」第一章　統制の新しい形態)は、ほかでもない私たち一次元的人間によってこしらえられているといっていい。

万象の成りたちを暗いまなざしであなぐるやり方は、マスコミではもはや美徳たりえなくなりつつある。かわりに、現実と理性を等価とする倒錯がまかり通り、主観的バランス感覚なるものにより、現実社会に同意をあたえるのが私たちの仕事となっている。社会主義諸国の崩壊を見て、高度産業社会に住まうことの幸せを感じるノーテンキな私たちは、もう一度『一次元的人間』を読んで頭を冷やすといいのだ。

初出＝「朝日ジャーナル」一九九二年一月十七日号「辺見庸のおススメ三冊」を改題

地上ゼロメートルの発見

　人や物を見る時の「目の射程」に、私はいつも悩む。遠目がいいと思ったり、いや、至近距離がいいと思ったり。とんでもない、中間距離のほうが形象の把握としてはまともなのだと考え直すこともあり、文字通り定見を持たない。

　旧ソ連の軌道衛星「ミール」で日本人初の宇宙飛行をした秋山豊寛さんは、御自分を「普通のオジサン」といってみたりして、気取りも衒《てら》いもない人だ。ただ、これは直接お会いしてわかったのだが、地上四百キロメートルから見た地球について語りだすと、まなざしが遥か彼方《かなた》を望むようにスィーっと変わる。詩人か哲学者の表情になるのだ。夜の地球は薄いピンクの心臓だった……などと、秋山さんは著書のなかであっと驚くほど鮮やかな描写をしているが、たぐい稀《まれ》な距離の経験は人を詩人にしてしまうのかもしれない。そういえば、「エンデバー」から地球を見た毛利衛さんの語りも、時として詩的であり哲学的であった。

しかし、よほど幸運でなければ宇宙飛行など経験できるものでない。それでもこの乱世、凡人なりに距離を変えてものを眺め、少しは詩的にも哲学的にもなってみたい。どうするか。某夜、酒を飲み飲み私は考えた。

秋山さん、毛利さんの逆をいってはどうか。つまり、地上ゼロメートルからものを見てみる。大地にベタリとはいつくばったら、世の中ちがって見えるのじゃないか。いささかもの狂おしいけれども、これなら訓練もいらない。

家人に発見されたら怪しまれる。最初は自室でやるしかなかった。

両膝、両肘をついて、木の床に鼻を押しつける。まるでラマ教徒の五体投地《ごたいとうち》のかっこうだ。湿ったにおいが鼻を撃《う》ってくる。顔をもたげないと焦点が合わない。ルーペを持ちだし床をはいずりまわる。木目というのはひとつとして同じ形をしていないものだ。渦あり、大波あり、さざ波あり。樹木が刻みこんだ波形の時間の模様に私の指紋や掌紋が重なるたびに、普段は考えもしない時というものの神秘を感じた。

物や人への中間距離に私たちは慣らされすぎているのだと思う。やはり、思い切って近づくか遠ざかるかしなければ、常識という、とても正しくとてもまちがった檻《おり》から逃れることはできないのかもしれない。

この夏は葉山の海岸で、地上ゼロメートルの眺望を楽しんだ。ルーペをのぞきこむと、光を放っていない砂はひと粒としてないのだった。石英質の砂は別して色鮮やかな光を散らし、空の星に遜色《そんしょく》ない美しさを保って水際《みずぎわ》にひしめいていた。耳をすませば、億万の砂の合唱が波の音に重なって、まるで天体音楽のように聞こえてくる。極大の宇宙のなかに息づく、極小の宇宙の無限を感じたことだった。

先日は公園の芝生を匍匐《ほふく》前進していて、青に白い帯がかかったビー玉を一個見つけた。新星発見、である。

初出＝「朝日新聞」広告ページ一九九二年十月二十二日

不眠都市の行方

ビル七十階の事務所で眠った不眠症の男の話を聞いたことがある。簡易ベッドに入る前に窓から外を見たという。街の灯は遥か眼下で小さく頼りなく揺れていた。仰臥《ぎょうが》したまま夜空を漂う夢を見るのではないか、と思った。寝入りばなに男は、たしかに幽明《ゆうめい》の境のような空を浮遊した。彼は、しかし、いつまでも浮いていたのでなく、浅い眠りのまま、暗い宙を仰向《あおむ》いて少しずつ落下していった。

落ちて、落ちて、大地の呼吸を背中にじかに感じたころ、彼ははじめて眠りらしい眠りをごく短く眠ったという。七十階から一階まで、彼は眠りのエレベーターで意識をひき下ろされたのだろう。「夜空をいつまでも落ちていったために、鉛みたいな疲れだけが体に残った」と男は語った。

自動起床装置を導入した大都会のある会社で、ちょっとした異変が起きている。セットされた時間に布団の下の空気袋が膨らみ宿直者を自動的に起こすのがこの装置なのだが、最近、各ベッドのスイッチがいつの間にかオフになり、装置が作動しない事件が頻発している。寝坊続出である。

原因は、宿直者が睡眠中に無意識にスイッチに手を伸ばしオフにしてしまうからだ。サボタージュではない。宿直者は未明の仕事のためにこの装置で起きる気でいるのだ。ただ、眠っているのに、手がひとりでに動いて装置をオフにしてしまう。しかも、覚醒時にはそのことを覚えていないという。

おそらく、機械的に覚醒させようとすることへの、眠りの報復なのであろう。眠りは覚醒に従属できないのではないか。これが、小説『自動起床装置』を書いた時の仮説だった。いま、私は、この仮説をさらに拡大している。抑圧された眠りが不眠都市のそこここで反撃にでているのではないか、と。

高層ビルの睡眠者の意識が大地に落下し、仮眠者が無意識に自動起床装置をオフにする。ついには眠り病の群れが不眠都市をけだるい脱力都市に変えてしまう。兆候はなくもない……。

初出＝「FLAME」一九九二年九月号

自力発電装置

暗闇のことを、「ビロードの衣装のような」とか「黒革の艶のような」とか形容する作家がいるけれども、私にはできない。こぎれいな比喩《ひゆ》表現は、たまさかの闇ならまだしも、たとえば、停電が一週間もうちつづくとなると、心理的に不可能である。相当に散文的にならざるを得ない。その辺、この飽食の国の作家たちは高をくっていると思う。

一九九〇年まで一年以上、ハノイのホテルで暮らしたことがある。いまはハノイもだいぶ事情が異なるが、そのころはのべつといっていいほど停電したものだ。

最初は闇というものに、ある種懐かしい既視感を抱いた。私だって一九四四年生まれ、覚えがないわけでない。しかし、闇と同時に、クーラーが止まる、給水もストップ、むろん、風呂もだめで、トイレのウンコも流れなくなる。しかも、二日も三日も。長ければ一週間もである。大体、一日中まともに電気がついていたためしがない。

こうなると、腹が立つのである。狼狽するのである。恐慌をきたすのである。停電を然らしめる物質文明の遅れを口汚く罵《ののし》るのである。ひとしきりそうしてから、抗議も悪罵《あくば》も呪詛《じゅそ》もまったく無効であることに気づく。次に、停電ごときにあわてふためく懦弱《だじゃく》な自分を情けないと思う。これまでの私の一切の論述は、闇というものへのこの怯懦《きょうだ》をもって、すべての根拠を失うとまで思いつめる。俺はなんという下らない男なのだろうと口ごもり、疲れて、ついには、闇に浸《ひた》りこんでただ眠るしかなくなるのだ。つまり、自分がなんぼのものか、しかとわかる。「ビロードの衣装のような闇」なんて、とんでもないのである。

おそらくハノイの人々にとって、闇とは、常にして前提にすべき自然現象だったのかもしれない。不意に襲ってきても、顔色を変えるということがない。停電の前と同じ表情でマッチを擦り、石油ランプに火をつけて、なにごともなかったかのように身すぎ世すぎを続行するのだ。悠揚迫らぬその様に私はしばしば舌を巻いた。

この生身がいかに日本の便利に冒されて耐性を失っているか、私はハノイでとくと知らされた。いい歳して他愛ないものだが、長い闇の後突然に、部屋の裸電球がピカリとともると、思わず拍手をしてしまう。嬉しい。涙がでそうになる。電球に頬ずりしたくなるのだ。

こんな生活だから、蠟燭《ろうそく》をつかい、ベトナム製の石油ランプの世話にもなった。停電の前にトイレ用の水を汲んでおくことも覚えた。そうするうち、いつかこれを東京でやりそうな気がしてきた。こんどは既視感でなく、予感である。

ある日、ホテル従業員から「ベトナムの世界的発明品」だという奇妙なものを借りた。懐中電灯を短くした形で、水鉄砲みたいなバネ式のレバーがついている。レバーを握ったり放したりをくりかえすと、ミニモーターが回転して発電し、先端の豆電球がぼんやりと光るという仕掛けだった。グイーングイーンと大袈裟《おおげさ》な音をだすけれども、握力増強グリップを握るあの動作一回で二、三秒間発光する。電池なしだから、いわば「自力発電装置」である。

「電池が節約できて、握力がつくだけでなく、てのひらの運動で神経が刺激されて頭もよくなるよ」と、その従業員は得意気であった。私はそれがすっかり気にいってしまった。

停電の夜、片手でこの自力発電装置をグイーングイーンいわせ、片手でトイレに狙いたがわずオシッコしながら、〈世界は狂気じみたエネルギー消費の果てにいつかこのグイーングイーンを結局必要とする〉と、私は確信したことだ。

帰国してみれば、大量消費とモノの氾濫は、案の定とどまるところを知らないのだった。私はこの「ベトナムの世界的発明品」を吹聴《ふいちょう》してまわっただ。が、その手のグッズに詳しい友人から「日本でも生産しているよ」といわれた。どうやら「発明品」は日本製からのコピーだったようだ。ただし、この自力発電装置は、日本では緊急時およびアウトドア用、ベトナムでは日用品（普及はしてないようだが）だったということになる。

日本のそれが、レジャー用から日用必需品になる日……私の予感はまだつづいている。

初出＝「ＮＥＸＴ」一九九一年十一月号

走るというフィクション

走るぞ。

別送の引っ越し荷物のなかに、片方が四キログラムの鉄亜鈴《てつあれい》一セット、縄跳びのロープ一本を入れた。腹筋台はかさばるので、やめた。ジョギングシューズは、一年間の消耗を念頭に、新品の一足を別送分に、履きなれた一足は、到着早々走るだろうから、手荷物にした。冬用と夏用のジョギングウエア、ランニングパンツ、サポーター、ソックス……を、やはり別送分と手荷物分に仕分けした。ジョギングのない生活なんて考えられないから。

はじめての街となじむには、走るのが一番だ。

身に寸鉄も帯びないジョガーの、ちょっとノーテンキないでたちが、見知らぬ人に安心感をあたえる。眉間《みけん》に皺を寄せちゃいけない。国を背負ってるなんて勘違いされる。なるべくきまった曜日の定刻に、この街はいいな、ほんとうに走りたくなるんだ、という顔つきでホテルを飛びだすのだ。

街の人はじきに慣れる。あいつはこの街を好いているから走るんだな、とこうなる。おっ、だんなやってるね、と声かけてくる。やあ、こんちは、とこちらも手なんか振る。街を、やがてほんとうに好きになる。

万事ＯＫのはずだった。

一九八九年、ベトナムのハノイに着いた。


走った。

三月末の昼下がり。煙雨《えんう》の向こうに街が揺らめいて見えた。湿気で幹も葉も膨らんだタマリンド、パラミツ、タブノキ、火炎樹が、くすんだ家並を圧するように聳《そび》えていて、鈍《にび》色《いろ》の空のところどころが緑色に霞《かす》んでいた。その下を走った。けれども、なにか変だ。地を蹴るシューズの音がない。湿った壁、道の泥、小便、人や犬の糞《くそ》……が音とリズムを吸い取ってしまう。ゼリーのなかで走るみたいに体が重い。

やがて、泥だらけの巨大な箱がズルズル躄《いざ》ってきて、ぼくと並走する。なんだろう？　ベニヤスクラップ屋も引き取らないほどオンボロの、まるで鯰《なまず》みたいなバスなのだった。ベニヤを打ちつけた窓の隙間から、菅笠《すげがさ》の老婆が口をアングリ開けてぼくを見ている。檳榔《びんろう》の実を食べているのか、血を吐いたように歯が真っ赤だった。驚いてぼくは速度を落とした。蔓草《つる》のアーケードのある歩道上に、小さなテーブルを並べて、五、六人がなにか食っている。饐《す》えたにおいがした。ウドン屋だった。そこを迂回して車道にでると、客たちがいっせいに立ち上がり、箸やらスプーンやらをぼくに向けて、なにごとか叫んだ。右手を、どうもどうもと、ぼくは振ってみた。客らはただ呆《あき》れた顔をしている。逃げるように、走り抜ける。

荷台もハンドルも見えなくなるほどたくさんの鶏を自転車にくくりつけた老人が、ゼイゼイ息をしながらぼくについてきた。ぼくの行く手に回って、一体全体なにが起きたのだというう顔をする。青っぱなを垂らした子供たちが三人、裸足でぼくを追いかけてきた。いずれも右手をぼくに突きだしてくる。お金を乞うている。

走った。

宿舎のホテル・トンニャットに逃げ帰った。

ホテルは停電だった。それに断水していた。なんてこった。ぬるぬるになった体をベッドに投げだすしかなかった。ぼくはただジョギングしたいだけなのに、連中の目つきはありゃいったいなんだ。あれは、なにかの異常を追う時の目だ。気になりつつ何日か過ぎた。

また走った。

ホテル前で、アヒルの卵を山ほど積んだ天秤を肩に、しずしず歩いている若い女にぶつかりそうになった。卵は割れなかったけれど、女はもし天秤を担いでいなかったらすぐにもつかみかかってきそうなほど色をなしていた。細い整った顔が怒りで歪んでいた。ごめんよと詫びて、ホアンキエム湖にぼくは向かう。通りの誰もが、アシックスの短パンにTシャツのぼくに目を瞠《みは》った。通りにある種の緊張が生まれた。

壁に鏡をぶら下げた路上床屋の前を駆《か》け抜けた時、泥にまみれ道に散乱している髪の毛をぼくのシューズが踏みつけていた。ひどい罪を犯している気がした。どうしてだろう、ぼくというフィクションが、現実を蹂躙《じゅうりん》しているように感じる。四半世紀以上つづけているぼくのジョギングのリズムが狂ってしまいそうだ。

歩道上には胸痛むほど倹《つま》しい身すぎ世すぎが並んでいた。ゴム紐《ひも》売り、麻縄売り、サトウキビ売り、自転車の空気入れ屋、体重測り屋、使い捨てライターのガス補充屋……商売道具にぶつからぬようソロリソロリぼくは進む。

デパート前の歩道上に、粗末なガラス瓶に入った売りものの水中花がぼんやり見えた。薄緑滲んだ紫色に一瞬目を奪われた。と、その時、カシャンと足の先でなにかが割れた。薄緑のガラスの、これも売りものの小さな小さな石油ランプだった。十個ほど歩道に並べられていたうちのひとつが転がり、火屋《ほや》が砕けてキラキラ光っている。しゃがんでいた白髪の老人がいきなり立ち上がり、僕を指さし、睨《ね》めつけた。三十人もの人にぼくは囲まれていた。

以来ぼくは変わった。

走らなくなった。

でも発見があった。ここでは、誰も走るために走りはしないのだ。走るからには、皆メロスのように、それほど高級でないにせよ、抜き差しならぬ理由がなければならないのだ。おそらく、外国軍隊との戦いのたびごとにいやというほど走ったのだろう。きっと、走るという光景は、人になにか切迫した異常を告げるのだろう。走るために走るなど、到底信じがたい虚構なのだ。摂りすぎたカロリーを燃焼させるために走るなど、できそこないのSFに等しいのだ。

走れなくなった。

かわりにホテルの部屋のなかで、囚人のように、四角くジョギングしてみた。ぼくにはまだ、走るために走るというフィクションが必要に思われたから。やがてそれもばかばかしくなった。そして街頭をたまさか人が走る光景に、ぼくはひどく敏感になった。

走るのを、見るようになった。

いきなり青空市場から若い男が疾駆してくるのにでくわしたことがある。後ろから肉切り包丁をかざした女が鬼のような形相で追いかけてきた。新聞紙の上の豚肉のかたまりの一部を、男がいったん買うといって、女に切らせておきながら、切り終えたとたんに男が翻意《ほんい》したのが、全速ダッシュの原因だった。切ってしまうと肉の腐りが早い。売り手の女が激怒する。勢いに負けて、男が逃げる。女が追う、という経緯だった。百メートル競走なら十二秒以内という健脚だった。

火炎樹が咲き狂う夏の薄暮に、ブラウスの胸をはだけた中年の女が、長い髪を振り乱しヨロヨロと走っているのを見たこともある。体がどうしても右に傾《かし》ぐようだった。目が虚《うつ》ろだった。細く長い両の腕を時おりだるそうにもたげては、人さし指の先で、骨張ったみずからの頬をチョンと突く。どう、可愛いでしょ、というふうに。火炎樹の花弁がポタリポタリ血のように女の頭上に降っていた。

ロサンゼルス五輪の女子マラソンで、失神《しっしん》寸前になりながら競技場に最後にもどってきた、アンデルセンという名前だったっけ、あの真っ赤なランニングシャツのスイスの選手を、ぼくは思いだしていた。疲労困憊《こんぱい》の果ての、奇態な脚の運びが目に焼きついている。火炎樹の下の女はあの女子選手に似ていた。暮れがたのハノイをよろけるように走る女は、しかし、右手にハノイ製のフランスパンを持っていた。子供たちが背後からはやしたてていた。狂女だった。

また走りたくなった。

新品のジョギングシューズを、結局ぼくはハノイの一年二ヵ月間一度も履かず、東京に持ち帰った。フィクションだらけの日々に戻った。

走るために、ぼくは、また走りたくなってきている。

初出＝「Ｎｕｍｂｅｒ」一九九〇年九月二十日号

旅の読書――風景への裏切り

旅にあるならば、いま浸りこんでいる風景に読む本の質を合わせない。これが、私の長年の癖といえば癖である。つまり、ベトナムに行くなら、いまさら『ベトナム戦記』（開高健）は携行しない。大好きだけれども、『歩く影たち』（同）も持っていかない。

ホテルの窓越しにサイゴン川のにおいをかぎながら、坂口安吾の、たとえば、『湯の町エレジー』のようなものを、とろとろと読む。私の見ている風景を、読む本に支配されたくないから。心に要らざる指図を受けたくないからである。書物に使嗾《しそう》されて、風景の奥行きを測ったり、感じる心を左右するのは、他人の旅の模倣のような気もするのである。『もの食う人びと』の旅でも、旅先の風景に本の質を合わせるのはやめにした。しょっぱなのバングラデシュで、私は荷風の『日和下駄』を数年ぶりで繰《く》った。ダッカで大正期の東京の散策記を読むのだから、眼前の風景に先入主を持たずにすむ。

それだけでない。幸運というべきか、『日和下駄』は、ルポの心構えのようなものをあらためて教えるともなく教えてくれた。堂々と主観的でありなさい、戯作者《げさくしゃ》気質を忘れちゃいけません、風景の細部にこそ目を凝らしなさい、ゆめ高踏を気どりなさんな、と。「私はかくの如《ごと》く日和下駄をはき蝙蝠《こうもり》傘を持って歩く」という、飄々《ひょうひょう》として、それでいて開き直った手足《てだ》りの観察姿勢は、以降の旅路の参考になった。

とはいえ、取材対象に直接かかわる本とは、むろん、いやというほどつきあわざるをえない。が、こんなものはたかだか資料調べであり、読書とはいうまい。

大体、眼前の風景の謎を、たなごころを指すがごとくに解き明かしてくれる本など、旅の興を醒ますのみではないか。読書というなら、やはり、いま私がある時空とはまったく無縁な本がいい。だから、銃火絶えぬソマリアのモガディシオで色川武大の『狂人日記』を、エチオピアの山奥で織田作之助『夫婦善哉』を、ベルリンで金子光晴『どくろ杯』を、モスクワでなぜか漱石『夢十夜』を、チェルノブイリで泉鏡花『高野聖』を、吹雪《ふぶき》の択捉《エトロフ》島でブコウスキー『町でいちばんの美女』などを、おっと、忘れちゃいけない、全行程を通じて内田百閒を読んだという具合。

列挙してみれば、訪問地と読む本の取りあわせが、どうにもデタラメである。でも、私の場合、意識してデタラメでなければならない。たとえば、ギリシャ、トルコを旅しながら、村上春樹の『雨天炎天』を楽しむやり方は、異境とそこで読む本の整合に合点がいくにしても、それに、決して悪くはない趣味であるにしても、現実に人を恋するかたわら誰かの恋愛小説を繙《ひもと》くがごとく、いかにも主体性に欠けるように私には思われてならない。

読む本は、いま展開している旅の風景を大いに裏切るがいい。風景は、活字など手もなく圧殺するがいい。互いが補完しあってはならない。携行した関連本の類にいちいち指摘されて、旅路にはじめて奈落や極楽が見えてくるのだとしたら、それらは客観的に事実でありえても、旅する個人の経験としてはみじめな嘘というものである。

風景の畏《かしこ》き淵源などに、携行した書物に指南されて、なまじい気づく必要などない。楽楽行きすぎてから、来し方のずいぶん楽に見えた道筋が、じつは地獄に架かる薄っぺらな板子一枚であったことに後日思いいたって、遅ればせながら鳥肌をたてるほうが私にはよほど面白いのである。

旅路のどこにあっても、本とは、私のなかの底暗く湿った精神の地下茎を刺激し、土中で増殖させるなにかなのであり、それ以上でも以下でもない。地下茎はいつもひたすら本を欲している。風景の解析の役になどたたなくていいのだ。

窓外に銃声を聞きながら、夜半にホテルでひとり『狂人日記』を繰る。モガディシオの漆黒の中空を追撃弾が赤く切り裂く。屍体が街角の闇にボロ雑巾みたいに転がっているはずだ。委細構わず、私は『狂人日記』の極私的苦しみを読んだものだ。私の地下茎は時に触手を震わせ哄笑《こうしょう》した。内と外の風景には、なんの縁もゆかりもない。至福にも苦しみにも、世界的体系なんかありはしないと知るのみ。

私にとって、旅の読書とはそんなものである。

朝になれば、たくさんのつまらぬ極私的ドラマを絡めた地下茎をズルズルと引きずり、私はどうせ外に打ってでざるをえない。なにをどう本に読んでいようが、なまくらな私の目は、常ならぬ風景にぐさりぐさりと刺されて、ああ痛い痛いと泣くだけだ。

初出＝「Ｒａｃｋ　Ａｃｅ」一九九四年十一月号

カックン

みずからを誇りえぬ者と中年のなまけ者は、耳垢《あか》取りなどの自閉的で社会的に別して有用でない行為に夢中になれても、所属する会社や学校の沿革、選挙制度などには一般に興味を持たないものだ。

この種の人間はたとえば社長のフルネームを知らず、万が一知っていても正しく書けない。自分はどこの学校をいつ卒業したか、ほんとうに卒業したのかという記憶さえしばしば曖昧《あいまい》になる。どんな学校だったか、OBには誰がいるかなどと問われでもすれば、もう川にぶちこまれた豚みたいに恐慌をきたしてしまう。私がそうである。

三十年ほど前、宮城県の石巻高校という男子校を私はやっとのことで卒業した。校庭から太平洋を見はるかす、まことに素晴らしい勉学環境、熱情溢れる教師陣に囲まれながら、あのころはたしか、志賀直哉と高橋新吉と『百万人の夜』なるエロ雑誌をチャンポンにして読み、キスとはひたすら吸いこむものと誤解して、墓場でデートした女子高生の唇からバキュームカーのように肺内の空気を吸いだして気絶させたり、煙草は当然、ハイボールの味まで覚え、あげくは級友を誘って駅近くの書店で万引き数回、数学のテストで連続三回零点のほか、化学、物理、生物などいずれも毎回一桁《けた》の点数、漁船に潜りこんでも日本を脱出したい、大きな都会に行きたい、そのためなら共産党員にでもオカマにでもなってやると授業中もまじめに計画していた私は、文字通りこの進学校の恥。果敢だったけれども、ただのばかだった。このあたりのつまらぬ記憶はなぜか比較的に鮮明なのだ。

後はおぼろ。ぼんやりと、OBには偉大なコメディアンの由利徹さんがいると思いこんでいた。若い方はご存じなかろうが、昭和三十年代に「カックン」を流行語にし、近年は「オシャマンベー」と一発かまし、七十を越えた老体をくにゃくにゃさせて笑わせる、あの彼。テレビの彼を妙に意識して私は東京暮らしをしてきた。ところが、由利さんは私と同郷ではあるけれども、石巻高校出身ではないらしいことが最近わかった。この不況下、まったくどうでもいいことではあるが。

なぜわかったかというと、この高校が九三年、創立七十周年を迎え、その祝賀記事を満載した地元紙『石巻かほく』が私のもとに送られてきたからだ。「各界に羽ばたいたOB」の欄に、愛する由利徹さんの記事はなかった。

かわりにといってはなんだが、故扇谷正造さん（元週刊朝日編集長）のお名前があった。故生江義男さん（元桐朋学園理事長）や故高橋英吉さん（彫刻家）ら錚々《そうそう》たる人物の横顔記事があった。扇谷さんを知らないわけはないが、記憶があやふやだったので今更《いまさら》ながら驚いた。もっと驚いたのは、俳優、歌手の中村雅俊さんが私の六期後の卒業生で、私の好きだった俳優、故天津敏さんもOBだったこと。私はそうとは露知らず、『隠密剣士』で陰気な風魔小太郎役をやっていた天津さんに見惚《みほ》れ、カラオケバーで中村さんの「恋人も濡れる街角」を絶叫していた。

で、再び由利さんのこと。

OBではないが、やっぱり心のOBなのだと思う。なぜだろう。「カックン」の彼も前述の人物たちも、決して軽くない。中村雅俊さんだってそうだ。どちらかというと重い。愚直かもしれない。皆、あの港町の潮風と魚のにおいを体のどこかに染みつかせて、心の重量を保っているようだ。

由利さんを最近テレビで見たら、ひいき目ではない、ビートたけしに負けない凄みを漂わせていた。賢《さか》しらがるのとはもともと無縁な五十年一筋の鈍角の芸が、新奇を気取る周囲を圧倒し、うすらとぼけた顔の、皺の一条一条にはもうすでに覚悟のようなものを埋めこんでいるではないか。

ああ大先輩はいい歳の取り方をしているな。そう思い、やがてはっとした。高校をでてから、私はいい歳の取り方をしていない。覚悟もない。カックン、なのである。

初出＝「週刊文春」一九九四年二月十七日号「わが母校」を改題

銀色の夢の管

子供のころの夢は、作家になることでも記者になることでもなくて、音楽家になることだった。作曲家というのでなく演奏者、それも、場末の闇で雨に濡れた犬のように惨めな目をして曲を奏でている、なんとか弾《ひ》きといわれても、なんとかイストとは決していわれないような男がいい、と思っていた。ひねくれていたのだ。

それが、中学、高校は陸上競技に、大学では月並みにデモに明け暮れて、まれに歌うことがあっても、これも月並みにインターやワルシャワ労働歌。ただ、警棒でぶん殴られて痣《あざ》だらけになった体を引きずっては高田馬場の音楽喫茶「あらえびす」に行き、カザルスやランパルで痛みをこらえていた。あげく、そこのウェートレスのおっぱいや腰にはカザルスやランパルがたっぷり詰まっているに違いないと錯覚して、恋し、けんかし、別れた。

その後、通信社の記者になり、銀蠅さながら、あちこち飛んでは、たかりつき、ブンブン働いたが、四十も過ぎた夏のある朝、布団のなかで自分が不意に厭《いや》になった。生き直したくなった。

で、会社を休み、鎌倉の「新星堂」に行って、一本四万円の安フルートを三万五千円に値切って買い、逗子にとってかえしてヤマハ音楽スクールの入学手続きをし、翌日から、国立音大卒の酔っぱらいの先生から、小学三年生の桃子ちゃんが吹き終える次の三十分だけ、アルテの教則本で酒くさい個人レッスンを受けるようになった。

それからというもの、一本の銀色の管の先に、子供のころの夢がおぼろおぼろに見えるようになった。ぼくも先生に負けずに、いつも酔っぱらっていたのだけれども。

銀色のこの夢の管はとても便利なのだ。ジョイントを外せば三つに分かれて短くなり、どこにでも持っていける。こいつに、ぼくはあやこという、別れた女の名前をつけた。あやこをケースに入れて抱きかかえて、アメリカにもフランスにもカンボジアの戦場にも、ブータンの山奥にも、出張の際にはどこにでもぼくは連れていって吹いた。ベトナムでは一年数ヵ月、起居をともにしてくれた。

ケーラーの練習曲をハノイで習った。先生は、足を棒にしてやっと見つけた、爪の先にいつも黒く垢をためている、ブー・ホイ・ダットという二十七歳の青年。狙撃手のように鋭い目をしていた。

ダット青年は、日本円にすれば一日二百円ほどで、ホテルの食堂で酔客相手にフルートを演奏していたのだ。このダット先生が三万五千円のぼくのフルート、あやこに惚れた。食堂で演奏するから貸してくれというのである。彼のは、旧東ドイツ製の鉄くずのようなフルートだった。

あやこがベトナム青年の口でどんな音をだすのか、ぼくは聴きにいった。

先生は、音楽などそっちのけで食いかつ笑う客の前で『「歌の翼」による幻想曲』を演奏していた。あやこが化けた、とぼくは思った。舌を巻いた。ぼくが吹く時には、ビブラートでもアルペッジオでも、これほど優雅には応えてくれないから。水滴が宝石の表面を滑るように艶のある音を、あやこは気持ちよさそうに発していた。

甘酸っぱい液がぼくの喉もとに湧いてきた。あやこを、ぼくは先生にひきとってもらった。

帰国してから、あやこより何倍も高いフルートをぼくは買って、のりこという、今度は中学時代にあこがれた女の子の名前をつけた。でも、のりこもまたぼくには気持ちよく応えてはくれない。のりこを吹くと、家人も猫も、さもうるさそうに首を横に振って、部屋をでていくだけだ。それでも、のりこの銀色のからだに、酒くさい息をぼくは送りこみつづけている。

初出＝「東京人」一九九二年四月号

すべて、いずれは海へ

田越《たごえ》川沿いに海に向かって歩いていくと、道は狭いし、うねうねうねっているけれど、逗子というところもなかなか捨てたものでないと思う。豪邸には豪邸の花が咲き、あばら屋にはあばら屋の蔓《つる》が這《は》い、富んでいるにせよ貧しいにせよ、道筋の景色がうらうらと悠長なところがいい。

川面《かわも》によく肥えた鯉が顔をのぞかせるのを立ちどまっては眺めて進む道すがら、時には顔見知りの魚屋のおやじさんとでくわして、そこんちの年寄り犬が死んだだの、あそこんちの嫁さんがでていっちまっただの、くどくどと聞かされることもないでない。

ひどく悲しいうわさ話も耳にしたりして、胸の詰まることもまれにはある散歩なのだが、だからといって家に引き返すようなこともない。足はひとりでに川を下るのである。

すべて、いずれは海へ。

心はいつも、そう思っている。

あくびをしているオートバイ屋のダックスフントの頭をなで、静かな居合抜き道場の前で人の動く気配をさぐる。気合いを声にはしないのがここの流儀なのか、剣を振り抜くと同時に足で床を蹴らないのか、道場からは音というものが聞こえてきたためしがない。そのことを不思議に思いつつまた歩く。寺の入り口近くからせりだした、立ち枯れようとして枯れない老木に手を触れ、さらに道をゆるゆる進むと、橋のたもとにペットショップがある。そのあたりで、急に潮の香りが濃くなったことか、首筋がうすく汗ばんだことか、どちらかにふと気づいて気息を整える。もうじき海なのだ。

もうじき海。すべて、いずれは海へ……。

この感覚を私は幼いころから心にすりこまれている。たくさんの海の記憶が、水の帯のように身体の底を流れていて、普段は満ちも溢れもしないのに、記憶が少しでも呼び起こされるようなことでもあれば、私のなかの水が波立って、海へ海へと私を向かわせるのである。

そうなると、たちまち子供のように小走りになってしまう。まだそこにいたりもしないうちから、銀色に煌《きら》めいてうねり広がる海原が、まなかいに眩《まぶ》しく見えてくるほどだ。そして、海原が照り返す光の端をほんとうにこの目がとらえて、光が私のなかの幻の海と徐徐にひとつになっていく、そのなりゆきが、私はなにより好きだ。

三陸の海まで歩いて十分とかからない、宮城県石巻市の郊外で私は少年期を過ごした。海が遊び場だった。海岸を日がな一日歩いて、ひばりの卵を見つけるのが無上の喜びだった。ひばりの卵を宝石のように思っていたのだ。

台風の夜は、荒れ狂う波の音におびえながら眠った。大漁旗に飾られた船も、漁師の無残な死も目にした。すべて、いずれは海へ。この、どうにも不可思議な海への帰一感は、そのころそうしてすりこまれたのだろう。

大学を卒業して、通信社に就職後すぐに配属されたのが横浜支局だった。別の海との出会いの、それがきっかけとなった。そのころ生まれた長女をごく自然に「海」と名づけ、逗子に移り住んでからは、神奈川の海のほとんどを見てまわった。どどどーん、どどどーんと波の荒れる三陸の海とまた違う、相模の海の眺めは、柔らかな分だけはじめはもの足りなかったけれども、荒くれた私自身の生活が鎮まってくるにつれ、年とともに目にずいぶん心地よくなってきた。いまでも海岸への散歩をしばらく欠かすと喉が渇いたようになり、矢も楯《たて》もたまらず家をあとにするのだ。

しかし、困ったことが起きるようになった。本社勤務となり、やがて海外生活を余儀なくされるようになってからだ。

たとえば、米国はカンザス州の草原をひとり何時間も車で走っていた時のこと。ゆるやかな上りになり下りになる坂道に陽炎《かげろう》が立っていた。坂の向こうには露草色の空と綿雲しかない。すると頭に快い痺《しび》れのようなものがきて、私はいま、すぐそこの海に向かって走っている、じきに着く、という感覚にすっぽりと陥ったのだ。身体のなかの水が泡だってくる。アクセルを踏みこむ。ところが、海なんかない。あるわけがない。いけども、いけどもだ。その失望の深さ。

新疆ウイグル自治区のウルムチから天山山脈を望みながらトルファンに走った時もそうだ。海があると錯覚した。モンゴルでもチベットでもブータンでも。風景の奥に幻の海を見て、胸躍《おど》らせ、裏切られた。大地にあって海へと赴く感覚がそれほどに強くなっているのだ。

山には還れない。大地には還れない。ただ海だけ。私にはそんな特異な帰一本能があるのか、それとも、乾ききった大地が、太古には海だったことをそれとなく知らせたのか……どちらともわからない。私は放射能で方向感覚を狂わせた海亀のようにひたすら狼狽し悲しむだけなのである。

数ヵ月、数年を置いて逗子に帰ってきたときの安堵感は、だからひとしおだ。海までの距離、そこにいたるべき方向を常に感じていられることの落ち着きの良さといったらない。

久しい時を経て相模の海に再び会える嬉しさは、田越川沿いに下っていきながら、どきどきして歩調が乱れてしまうほどだ。

久しぶりに帰国してからの最初の散歩は、猫の額ほどの海岸だけれども、鐙摺《あぶずり》あたりがてごろだ。長者ケ崎もいいかもしれない。富士の見える日には、とりわけて。歩くには遠すぎるから、途中からバスに乗れば、久留和《くるわ》海岸も悪くない。

それぞれ眺めは異なっても、岸辺、海、空で奏でる穏やかでのびやかな諧調が必ずある。盛りあがり、くぼみ、鱗《うろこ》のように光を散らす水の優雅な無限展開がある。それらを目でなぞりつつ、懐かしい海とともにある喜びを私はかみしめる。海への帰一感はいっこうに減る様子がない。

初出＝「月刊かながわ」一九九三年二月号「とても不思議な帰一感」を改題

アヒルのいる家

番犬がわりになるから、という理由には、とかく留守がちの私に対する皮肉もこめられているのだろうが、妻と娘たちは数年前から玄関先でアヒルを一羽飼っている。気のつよい雄で、カポネと呼ばれている。

人が近づいてくるとよく鳴く。家人だと喉の奥から低くゲッゲッと甘えた声を発して寄っていく。見知らぬ人だと頭のてっぺんからクエークエーと感きわまった声をだし、羽をひろげ、機関銃の連射のようなスピードで突つきまわる。なるほど、番犬がわりではある。

このアヒルのいる家に、私は週に二日ほど帰るのである。湾岸戦争だのソ連の政変だのという極大の情報で頭を熱くしたまま会社に泊まりこみ、ホテルで原稿を書き、世界はこれからどうなるのだろうという極大の不安を抱えたまま、帰宅する。

すると、カポネがクエークエーと絶叫し、飛び上がって私の尻を突つこうとする。突然、極大から極小の世界に私は引き戻されてしまう。なぜだろう、ほっとする。私のなかの「極大」が、アヒルの黄色く長いくちばしに吸いこまれ、消えてなくなるのである。

ソ連の政変以来、私は帰宅するたびにアヒル用のプールをおそるおそるのぞきこむようになった。アヒルの池の水が赤く染まったら、戦争の起きる前兆であるという伝説を、ものの本で読んだからだ。しかし、カポネは、もともと衣類を収納していたポリエステルの箱のなかで窮屈そうに泳いでいるだけ。水は、カポネのふんで濁ってはいるが、まだ、まがまがしくなってはいない。

ただし、カポネ自身に変化が生じていることに、私は気づいた。

急激に太ってきたのである。二・五キロほどだったのが、三キロ以上に肥えた。私は不審に思って彼を見る。彼は、ひとを凝視するときはいつもそうなのだが、拒絶するようにくちばしを横に向け、片目だけで私をキッと見返す。お前の知ったことではないという目つきで。

アヒルのいる玄関近くまで、道を隔てた向かいの家の桜の木の枝が三本ほどせりだしてきている。カポネは日中ぼんやりとその枝を見上げていたりする。そのわけも、私にはわからなかった。

ある夜、ソ連のT80戦車がテレビの画面いっぱいに黒光りしているのをドキドキしながら見ていると、玄関先からセミの悲鳴が聞こえてきた。雌を呼ぶときの、あのミーンミーンではなく、ネコにとらえられたりしたときの断末魔の声だった。駆けつけると、鳴き声はすでになく、カポネのくちばしの先に、油ゼミの、こげ茶色の翅《はね》の切れ端がひらひらぶらさがっているだけだった。

六年もかかって成虫となり、鳴くだけ鳴いて、一、二週間で死んでしまう一生の、最後の数日に思いをはせることもなく、カポネは油ゼミをせっせとみずからの栄養源にしていたのだった。

長女に訊くと、「カポネの好物なのよね。桜の枝にとまってたのが、玄関の電灯にぶつかってくるの。落ちたやつを食べちゃうのね。一晩に五匹ぐらい」と、こともなげだった。

私のなかの極大の不安などお構いなしに、極小の日常では、アヒルがバリバリと油ゼミを食って肥えていくのであった。哀しくもあれば、いっそ痛快でもあった。

某夜再び、アヒルのセミ食いを見た。黒くて硬い頭から先に、セミは黄色いくちばしのなかに消えていく。ジジジジと、けたたましく叫ぶ。アヒルの細長い首に小さなコブができて、それが胸のあたりにスルスルと下りていく寸前、かすかにジッと一回、くぐもった声がした。

夏が、死んだのだ。

初出＝一九九一年九月共同通信配信

いつわりの希望

○月×日　浅草で女と飲んでいたら、川が見たくなり、電車乗り継ぎ、手に手をとって荒川へ。黄身色の満月が、虚空にひとつ、川面にひとつ。濁りやつれた水のにおい吸いつつ土手を歩むうち、鉄橋の上の中天に、大輪の、血のように赤い花火ボカンと開く。花火に浮かれ腰振って、リンボーダンスやったはいいが、バーに見たてた鉄の橋桁《はしげた》に額をしたたか打ちつけ昏倒。目覚めて鼻先におぼろに見えた薄黄色の花は、待宵草《まつよいぐさ》だったか。平井駅前のホテルにて、女に額のコブを冷やしてもらう。女眠り、私はロープシンの『蒼ざめた馬』（現代思潮社、一九六七年版）を繰《く》る。若いころに読んだたくさんの本を、私はその後に頭のなかで抹殺した。ロープシンだけが、消えそうで消えない破壊衝迫の青い水脈となり私の体に先細りながら流れつづけてはいる。爆弾とともに歩き爆弾とともに眠るテロリスト、ジョージの日々は、神聖冒瀆《しんせいぼうとく》の、静かでたえなる詩そのものだ。私はいまも昔もただの不発弾である。

○月×日　新宿ゴールデン街で一番気の優しいオカマ、みゆきが、自分はオカマじゃない、女なのよといいはる。そうだな、そうだなと同意。哀しいアポリアを解けずに呑みこみ、みゆき四十七、私間もなく五十歳、冥々《めいめい》と今日もまた酒に酔う。未明、茅場町のホテルにて、中島悦子の詩「私信」（『詩と思想』九一年十月号所載）再々読。「……空気のうすい山岳地帯の淡水湖に住むオレンジ色のくらげのみなさん、お元気ですか。私は元気です。」と呼びかけて「同じものがたくさんいるというのはよくないことです。／萬華鏡もきらいです。／すぐにどこかへ分散しなさい。／では、さようなら。」と唾《つば》吐き完結する静謐《せいひつ》な殺意がいい。この国では、同じ色と形のくらげのみなさんが、さよう、毎日「ゆよゆよおよいで、はんしょくしている」。即刻解散すべきだ。

○月×日　新橋の「鷹乃巣」で天然もののホヤ食う。被嚢《ひのう》に守られた雌雄同体のこいつを見るたび、ああ、私もホヤになって楽したいと思う。深夜、横浜のホテルにて大岡昇平「野火」（ちくま日本文学全集）再読。最初に読んだ時、私はフィリピン・ミンダナオ島のキタンラド山に登ってはいない。旧日本軍第一四方面軍所属揚陸《ようりく》隊員が島民を殺して食べたというその山に、私は九三年に登り、証言を聞き、人肉食の風景を心に描いた。「野火」の現場はそこことちがうけれども、再読の印象は登山前のそれより一万倍も重い。「もし人間がその飢えの果てに、互いに喰らい合うのが必然であるならば、この世は神の怒りの跡にすぎない」とある。そして「野火」の「私」は、少なくも意識的には人肉を食わなかった。はじめて読んだ時、そこに首肯できた。いま、できない。私ならたぶん、食う。食ったであろう。人間の肉を食うことの正当化のためでなく、この世とは、かつてもいまも、紛《まが》うかたなき「神の怒りの跡」であると信じる。間接の、見えざる人食い。世界的人食い。それが拙著『もの食う人びと』のテーマであったのかもしれない。と、狂おしく思ったら、ホヤの汁が喉もとにジュクジュクと甘苦くわいてきた。

○月×日　ゴールデン街「カボシャール」にてテキーラ・ボンバーズあおり、踊りまくる。疲れた。社の宿直室の空きベッドにもぐりこみ、読書灯つけて再び『蒼ざめた馬』。「附」としておさめられている「ロープシン詩抄」を開いたら、三韻句の数行に、鉛筆で傍線が引かれている。二十七年前に、心に刻もうとしたのだ。「だれかが松葉杖で扉をたたく。／夜に生まれ朝に葬られる、そら／わたしの追憶の鏡がやってきたのだ。／決意もなく、ためらいもまたなく……／生活はちっぽけでしつような欺まん、／生活は失われてしまったいつわりの希望」。賛成である。つまり、この二十七年間、私にはなにも成長がなく、反省もまた、ありはしない。

初出＝「Ｖｉｅｗｓ」一九九四年十一月号「耽読日記」を改題

フェティシズムとしての贅沢《ぜいたく》

このようにいうことに、なにほどの意味があるか知らないが、私はこの半生を、ひたぶるに贅沢をのみ求めて生きてきたのだと思っていた。ただし、私にとっての贅沢の定義とはその時々に異なり、ある時期の定義は別の時期のそれと、味噌と糞ほどに対立してしまうのが常なのである。つまり、味噌を愛しては、時により、糞にも陶酔《とうすい》してきたと論理的にも人生論的にもいえる。いいかげんなものだ。安手の快楽を、贅沢と勘違いしてきただけのことかもしれない。

まったき贅沢の実現は、したがって、まず定義の一定化からはじめなければならない。だが、それはいまだに公理なしのアポリアなのだ。なぜなら、贅沢とは必ずや私的であるから、私的標準が勝手に決めるものであり、逆にまた、贅沢とは、マルクスもレーニンも毛沢東もイメルダ・マルコスも追い求めたし、あなたも私もそれなりにうつつを抜かす普遍的私性でもあるからだ。考えるだに面倒くさい。

そんなことは、吉本隆明がコム・デ・ギャルソンを着たからどうしたのという話同様、じつはどうでもいいことではないか。畢竟《ひっきょう》するに、まじめに語り論じるのがばかばかしいテーマなのである。でも、気になるからやってみる。

贅沢とは一般にフェティシズムの謂《いい》であることは説くを待たない。

いってみりゃ、大概の贅沢が倒錯である。この社会はあらゆるものを物化し、量化し、対象化して、崇拝し、差別化し、捨てていく。原始宗教は護符《ごふ》や呪具《じゅぐ》を神のごとくに崇めたが、現代は例えばコンピュータが神宿る護符なのである。

それだけでない。靴、パンティ、帽子、陰毛、リップスティックなどポピュラーなものから、登山、釣り、トライアスロン、政界情報、北朝鮮情報、各種文学賞、紅綬から紫綬まで六種の褒章、デカイものならスペースシャトル「コロンビア」も……ああ、きりがない。どれもこれもフェティッシュなのであり、神宿る護符のように倒錯してしまうのである。

憑き憑かれるありようは古来、千態万状、つきるということがないから、いちいちを取り上げてもさして勉強にはならないけれども、「贅沢」なるいいかげんな名辞で語られることどもは、それはそれ、そぞろ哀しく滑稽なドラマに満ちてはいる。

症状の軽いところからはじめよう。

私の友人のT・Fは東京紙の極めて真面目な、今後なにごともなければある程度の将来を約束された中年記者である。身長が一八二センチ（夫人は一七八センチ）もある。新婚当初は、エアプランツを集め、育て、花を咲かせるのが最高の幸せなのだと漏らしていた。理由は問うなと彼はいい、聞いたところでつまらないだろうから理由は問わなかった。ここまでは、まあいい。

ところが、である。数年を経て、彼、少しく化けた。贅沢の対象、すなわち崇拝すべきフェティッシュの実体が変わったのである。

植物から人間へ。かつてのエアプランツから、女へと。

エアプランツは女への助走でしかなかったのだ。よくある話かもしれない。でも、ただの女ではだめなのだという。ある日、彼は白状した。

「普通じゃだめだ。背の低い女じゃなきゃあな」

背の低い、という個所でT・Fの丸顔がひなたの向日葵《ひまわり》みたいに輝いた。再び、理由は問うな、これが俺の贅沢なのだから、と彼はいい、「背の低い」ことがなぜ「普通」と対立するのか、なにゆえに「普通」を凌駕《りょうが》する価値たりうるのか訝《いぶか》りつつも、問うても詮《せん》ないから私は問わなかった。ヘドニズムに、けだし、基準なんかないだろうから。

その後に会った時、T・Fは口ごもりつつ述懐した。

「背丈が、どんどん低くなるんだな、どんどん……」

丸顔が日陰の向日葵みたいにしおれていた。このままいくと、どうにも困ったことになりそうだと首うなだれるのである。

テレクラその他の接点で彼は必ず相手に身長を尋ねたという（女はきまって一・五から二センチは高めにまことしやかにサバをよむそうだが、会ってみれば、彼には嬉しい誤算にしかならない）。顔なんか性格なんか体型なんか、どうでもよかった。とにかく背が低ければ低い分だけ好きになった。で、身長一五五・五センチと虚偽申告した、実際には身長一五四センチのA子からはじまり、一五三のB子、一五一のC江を経て、現在はめでたく一五〇センチの大台を割り、一四五センチのD美（女子大三年生）と交際中のよしである。

一五四から一五三センチへの、わずか一センチでも、落差というものをしみじみ経験するのが、友人によれば「ヘードネー」（快）なのである。

一センチの降下幅は触感でわかるとT・Fはいいはる。落差に指先が震え、頭は快楽に痺《しび》れる。だから、たとえ一四五センチという、日本の成人女性としてはかなりの低身長でも、一四五センチの恒常化はいかにも退屈だというのだ。

少しでも落差＝ヘードネーが欲しい。もっと低く、もっと低くの悪無限なのである。

ごく最近になって、友人T・Fは告げたものだ。

「これ、これにさ、入るぐらいのサイズでもいいんだ。究極的には」

これ、これと指さしたのは、相当にくたびれたショルダーバッグである。侏儒《しゅじゅ》でもいい、一寸法師（女の、であろう）で構いはしない。大歓迎なのだが、そのような女は世界に実在しないであろう。そう嘆くのだ。

賢い彼はものごとの限度というものを見通していた。

つまり、一寸法師の非在を認識している。だから、めでたし、めでたしというわけには、しかし、彼の場合にはまいらないであろうと私は思っている。筋金入りの「短軀《たんく》フェチ」であるわが友人は、少なくも、幻の一寸法師のだいぶ手前までに、一四五センチよりもさらに低きへ低きへと、現実の短軀女をへめぐり、哀しくも甘美な落差を味わいつづけるものと推量される。

必然、成人から幼女への危険な移行を余儀なくされるのである。

ここに事態暗転の、そしておそらくは贅沢＝フェティシズムの極致をかいま見る契機があるのだ。行きつく果ての淫行あるいは幼女誘拐、あるいはその両方……逮捕をイメージせざるをえない。後ろ手に冷たい手がねを打たれ、肩を落とし蹌踉《そうろう》として歩く友人T・Fの脳裏に去来するのは、身長一七八センチの細君が一方の端に傲然と立ち、A子、B子、C江、D美となだらかにくだりきて、可能的には小学三年生X子、幼稚園児Yちゃん……と徐々に低くなる、棒グラフ式の短軀フェチ達成表みたいなものであろう。

だが、変態被疑者T・Fは幻の棒グラフを高きから低きになぞり、あの一センチ、ああ、あの五ミリと、めくるめく身長下降の恍惚をゴロゴロ喉を鳴らして反芻《はんすう》しはしても、みずからの病理の反省などゆめすまい。一センチ、いや五ミリの落差の、日々の堆積が、茶渋のようにそこはかとない、緩慢な自己破壊を導くことぐらい、そして自己破壊こそが贅沢＝フェティシズムの極致にして完了形であることぐらい、彼にはいまも、その時も、すでにして了解されているはずだと私は信じたい。

この自己破壊、ないしは最大の屈辱を端から自覚的前提とする時、贅沢は単なる物神崇拝からからくも逃れられるのかもしれない。憑依《ひょうい》からの、自己破壊による覚醒。それには、みずからを完全に壊すまでフェチまくる以外に手はないのかもしれない。

T・Fの短軀フェチについては、ほんとうのところどうなるかわかりはしない。

御用になるのが順当。でも人生ってわからない。二年後には奇跡的に女性の一寸法師を見つけて、薄汚いショルダーバッグにおさめ、バッグに口を寄せて、その一寸法師となにやら小声で囁きあいながら、新橋の烏森《からすもり》通りあたりを嬉々として歩いているかもしれない。成り行きを、今は静かに見守るしかないのである。ガンバレ！

フェティシズムとしての贅沢は、社会の病理であると同時に、人間精神の暗い地下茎（人はみな、不可視の地下茎を生やしていると私は思う）の然らしめるところでもあろう。もっともらしい地上の外面部分に、その偽善に対し、精神の地下茎は、じつのところ日夜瞋恚《しんい》の炎を燃やしているのである。

つまり、人というものの半身は堂々と異形でありたいのだ。地下の湿った精神の茎や根は、時として蛸足のごとくモゾモゾとうごめき、人としてのパフォーマンスに尋常ならざる趣向を凝らしたがるのだと思えてしかたないのだが、次の一例はどうであろうか。

経済関係省のキャリアだが、ゴルフにもテニスにも女にも、むろん仕事には別して情熱のかけらもなく、酒および人事にのみ途方もない興味を示すS・Oは、私の年来の友人の一人である。

酔っても面白い話ひとつできないけれど、嘘もまたつきはしない。要するに、八月のアスファルトの干からびた犬の糞みたいにつまらないやつだ。

そのS・Oがある日、かなり酔ってから告白した。

「俺なんか、酒以外にゃなーんの贅沢もないね、なんもないのよ」

ここまでは月並み。私はこの酒席で七回目のあくびをした。が、グビリと酎ハイをあおってから、彼は急に声量を落とし、話を必ずしも月並みでない方向につないだのだ。なにかを懐かしむように、細い眼をいとど細めつつ。

「いや、ささやかな贅沢なら、あるといやあるな。……家のね、風呂んなかでね、あのね、うんこしちゃうのよ、うんこ。ブリブリね、ブリブリ……」

すっごく気持ちいいのよ、あれ、と彼は喉になんだかくぐもる声でだめを押した。それから、そのことの「贅沢感」と「解放感」と「名状しがたいカタルシス」についてS・Oは縷々説くのだった。広義には、これは糞フェチとでもいうのだろうか。

眼前の鶏の唐揚げとさつま揚げの皿を視界の外に押しやりながら、この男はひょっとしたら、八月のアスファルトの干からびた犬の糞なんかじゃないのかもしれないと、吐き気を抑えながら私は考えたものだ。

奥方が子供を連れて帰省する時などに、敢行するそうである。彼以外誰もいない静かな家の、白木の浴槽にぬるめの湯をいっぱいにはって。

「慣れないと、どうしても躊躇《ちゅうちょ》するものでね。だそうとしてもなかなかでないのね」と彼はいい、私はS・Oがいつの間にか私に対し完全に優位に立っていることを痛いほど感じつつ、「当たり前だよ、ばか」と一応口ごもってみる。

「風呂んなかで、こんなことしちゃいかんという常識に勝つのよ。というか、いけない、いけないと思いながらしてしまうと、いいのよ。体から臓物《ぞうもつ》でもズボッと抜けてく感じね。無重力の宇宙船内でうんこするのに似ているかもしれない」

ケツのあたりから世界がひっくり返るみたいにいいのよ、と調子に乗って彼はさらに敷衍《ふえん》したのだが、あんたも試してみてよといわれ、そうな、いつかな、と応じて躬行《きゅうこう》しえていない私には、臀部《でんぶ》周辺から世界がゴロンと反転する感じ（乾坤《けんこん》が動く趣だろうか）が、当然、いまだつかめずにいる。ただ、このような贅沢というものが、たぶん分類も認知もされず、世界には密やかに存在しつづけているという事実に心打たれてしまうのである。

S・Oは浴槽内脱糞の贅沢と快楽を自力でえたわけではないのだそうだ。部内の親友が詳しく伝授してくれたという（なんという役所であろうか！）。彼らには抜き差しならぬ瞋恚《しんい》があって、そのほむらをなにかに向けてメラメラと燃やしつづけているとしか思えない。

そのような異形の半身の持ち主たちがこの世にはたしかに実在するのである。

ひき比べれば、私の贅沢など語るも愚か、じつにチャチなものであったことに気づく。

会社員でいながらの長年の流連荒亡が、贅沢というならいえもしようが、ありゃ単なる安逸を貪《むさぼ》っていただけのこと。たとえ倒錯であろうが、滑稽なぐらい目的意識的でどこか意志的な、息づまるような贅沢追求の質からはひどく劣る。

旅もした。いろいろと食いもした。テニスもやった。楽器もやった。酒はまだやっている。

T・Fにはおよびもつかないにせよ、各種の女性に興味を抱いている。S・Oほどでないにせよ、排泄の快も知ってはいる。

でも、迫力ある贅沢の域にはほど遠いのだ。ものに憑き憑かれて散っていく、自己破壊の衝迫が弱い。東京の薄汚くぬるい灰汁《あく》だまりにまみれて、怒りの炎が先細っているからだろう。

ああ、なんてダルな毎日だろう。

初出＝「新潮45」一九九四年九月号

V

観覧車のある風景

円形の記憶

円とはじつに玄妙な形である。平面上で定点から等距離にある点の軌跡、または、その軌跡に囲まれた空間を円というのだそうだが、それは後にこしらえた理屈であって、たとえば中天にぽっかり浮かぶ満月、太陽ともに、太古《たいこ》から人に大いに意識され、まんまるのそれらに、この世の栄枯を予感した古歌がいくらでもあるぐらいだから、円は、少なくとも三角形よりはずいぶん早くに、人の心の奥底に消しがたく焼きつけられた形象なのだろう。散歩や旅にあって不意に視界に現れたとしても目にとても懐かしい風景とは、だからであろうか、とんがったものではなくて、円形なのである。円はたぶん太古からの記憶なのだ。

未明の三時か四時ごろに、タクシーで首都高速道路を横浜に向かって走る。仕事ないし酒のために、脳みそは腐った魚の肝《きも》のようにぶすぶすとガスを発し、窓外にめぐりはびこる工場、煙突、ビルのすべてがペストかなにかの流行病の果てに黒ずみただれた廃墟に見えてくる。湾はまるでタールの溜りじゃないか……と呻《うめ》き、この都市も私も一回きっちりと破砕されたほうがいいとまで呪うころ、左手の闇に、それはだしぬけに登場するのである。だしぬけだけれども、完全な円形であるから肝をつぶすということがない。最前の呪いがかき消えるほど目に心地よい。私のなかの記憶の円形に、予定されていたように中心を重ねてくる。そして、齟齬《そご》もなく同心円をこしらえて、最も新しい記憶の円となるだけのことなのだが……。

打上げ花火の残像のようなこの造形は、横浜の大観覧車「コスモクロック21」である。超のつくほどそれは大輪だ。が、じつに清楚なのだ。定点から等距離にある点の軌跡にそうて、闇を細く色抜きしたような、白ならぬかそけき白の輪郭が、あっけらかんと未明の空に咲いているのである。仄白《ほのしろ》い円周の内部にも、魚の骨を思わせる規則だった無数の線が、これも夜を細密に脱色したみたいに浮かぶともなく浮かぶ。闇夜に密やかに息づいているそれは、昼日中に間近に見るのより少なくも一万倍は美しい。角ばり、宿痾《しゅくあ》にへばりつかれた都市で、この円だけがせめてもの救いである。

下りの東北新幹線に乗ったら、大宮をすぎたあたりからは左側の風景に目をこらすといい。畑もあれば林もあり、集合住宅にラブホテルにパチンコ店にコンビニにボーリング場が見える。そう、均質的都市化の変哲もないパノラマである。だがしばらくして、ほんの一瞬、それは予告もなしになんだか場違いな姿を見せる。あれあれ、ひとつだけがこんなにもまるくていいのだろうか、怒られやしないのかと案じられるほどまるいのである。遥かな遠景の、そこだけがクリーム色のまんまるい線画なのだ。目が円をなぞり、われ知らず頬が緩む。気がつけば、しかし、もう眼前になく、まなうらにのみなぜかくっきりと像を残しているそれも大観覧車、小山ゆうえんちの「ジャイアントホイール」である。

どこかはもう忘れたが、しけた東北の田舎町の、これも不景気そうなデパートの屋上で、寒風にカラカラと鳴いている無人の子供観覧車を見てしみじみとしたことがある。錆《さ》びた鉄の輪が、まったき円であることにより鉄を超え、やわらかな追懐を誘ったのである。

円とは、結局、どれも既視のものなのだと思う。だから、チェルノブイリ原発のすぐ近くの死の町プリピャチに放置された観覧車を旅路に発見した時も、そぞろ哀しくはあれ、別して驚くことはなかった。ただ、放射能が濃く密に漂う空に、凍てつき浮かぶ黄色のなんでもない円が、「石棺」と呼ばれる変形直方体のコンクリートの壁に封じられた事故炉の、その途方もない愚昧《ぐまい》にひきくらべれば、人としてはるかに深く思弁をこらしたすえの賢明な形象に見えたことであった。

円を垂直に立てる。中心を固定してゆるゆると回す。無為にして無限の同一軌道回転である。その原形となる遊具は、史家によれば、遅くともすでに十七世紀から存在した。水車に着想したともいわれる。人力だったそれが十九世紀末に自動化し、いまに至るのだが、縦の非生産的低速回転にはなんら変わるところがない。つまり、ものみな角を整え、さらには鋭角となり流線型となり、それら造形が「進歩」と総称されるなかで、観覧車は執拗に円形でありつづけ、これまで四百年は地球の各所で悠長に回転してやまないのである。

なぜなのか。やはり、円というものが、形象の記憶としては人類最古のものだからではないか。中天に遊び地にまた戻る、その回転の無限に、三界六道に迷って窮まりないわれら衆生《しゅじょう》の業のありようを、アジアはむろん、欧米、中東の人でさえ無意識に感じてしまうからでもありはしないか。

とすれば、二十一世紀にも観覧車は死に絶えるということがないのであろう。それどころか、地球のあちらこちらに色とりどりの花のように開花するかもしれない。大いに咲き乱れるといい。迷妄という迷妄をゴンドラにのせて宙をめぐりめぐるがいい。一回転すれば一回転分だけ、迷いがしずまるだろう。私はそう信じている。

初出＝「文藝春秋」一九九五年一月号

一九九五年三月に消えたごく小さな観覧車

A

いつだったか。どこだったか。

風のやけに強い冬場の、日曜日ではなく、たしか平日だった。東北地方のどこかの県の、県庁所在地ではなくて、三番目とか四番目とかの大きさの、貧しい町だったと思う。雲がちぎれちぎれて綿毛《わたげ》になって、きらきらと空を走っていた。廃船みたいにさびれたデパートの屋上で子供用の観覧車が回っているのを見た。しおれかかったブルーデージーが一輪、たよりなく風にそよいでいるのに似ていた。老婆と子供が一組だけ、ところどころが錆びた空色のゴンドラに身を寄せ合って、遊ぶというより、まるでなにかの苦難に耐えるようにして揺られていた。

私はそれをどこから見たのだろうか。別のゴンドラからか。近くを走り去る列車の窓からか。対面するビルの屋上からか。いや、通りから見上げたのだったか。思いだせない。もしかすると、それは見たのではなく、見たというのは記憶ちがいであって、私はその時、じつはほかでもなく、ゴンドラで老婆に抱かれていた当の子供だったのかもしれない。これは記憶の部分的リヴァースというか反転というのか。四十年前に誰かに見られた私のいる風景を、数年前に私が見た風景のようにネガを焼きつけてしまうような過ちを私はしばしば犯す。したがって、私のいう時と場所なんか当てにはならない。

たしかなのは、その時とても寒かったこと。それに、その観覧車を見ているうちに、体に、といっても表面ではなく、胸の奥のほうに、ある輪郭が滲んでくる不思議な感覚に襲われたこと。外から目視できるわけでないから、気持ちで胸の奥の滲みをなぞっていくと、それは輪なのだった。かなり大きな、でも、必ずしも完全とはいえない輪が体内深くにじわじわとしみでてくる、抗いようもない、しょうことない感じ。輪とは疑いようもなく観覧車のそれ、ホイールなのだった。眼前の観覧車が、日光写真のように、私のなかに輪形の影を刷りこんだか、私のなかのなにかが胸に赤い血の輪形をこしらえて観覧車に感応したかのどちらかだった。すぐに消えるかと思われたそれは、いっかな消えず、いまも痣《あざ》のように残っている。

つまり、私は体に輪を埋めこまれた男になった。

体内の輪は、普段は、あぶりだしの絵か、もしくはタバコの煙の輪みたいに、うすらぼんやりした形なのである。ところが、旅先で不意に観覧車を目にしたりすると、それが全景でなく、建物や丘に隠れた半円であっても弧であっても、体内の輪は強く反応して、実物の輪に吸い寄せられていく。全景を見ないではいられなくなる。乗らずにはいられなくなる。近づくにつれ、私のなかの輪はしだいにくっきりとした輪郭をとり、輪のなかに輝く無数のスポークさえ生やしていくのだ。私は、世界にありとある、千態万状の（といっても、あれは輪っかにゴンドラかワゴンがついただけの単純きわまる形状なのだが）観覧車に感応するようになったのである。

けれども、いつからそうなったのか、起点がわからない。観覧車なんて、それが立つ区域にでも住まない限り、そうそう目に入るものではない。たてつづけに見ることもあれば、七年ぶりに出会うことだってある。だから、最初の感応がいつだったたか、どうにも思いだせないのだ。観覧車というやつは、人の時系列を曖昧にするのかもしれない。きっとそうだ。

B

ともあれ、それで私はちょっぴり変わったようだ。私は以前、いわゆる進歩史観に、ごく消極的ながら賛成していた。世の中は、曲折はするけれど、長い時間をかけて一歩か二歩くらいは自然に進歩していくものだという、あれである。私自身もまた、一年に一ミリくらいは向上するだろうと楽観していた。けれど、主義であれ信条であれ、存外にささいなきっかけで、身も蓋もないほど変わるものだ。私は観覧車で変えられた。世の中も私自身も、向上なんかしなくていいと思うようになった。進歩や向上という言葉さえ、腐ったゆで卵みたいに臭く感じるようになってしまった。それより、同一の軸の周りを、求心することも遠心することもなく、ゆっくりと（これが肝心《かんじん》だ）回転しているほうが性に合う。スパイラル的前進なんて疲れるだけじゃないか。試みに、観覧車が帯びている愕然《がくぜん》とするほど虚しい、いくつかの特徴をリストアップしてみると、いずれも午後二時半のぬるいカフェオレみたいに気だるく、心地よく胃壁を滑っていくのだった。

ひとつ……観覧車はいくら回転しても一ミリだって前進しはしない。永遠に宙を浮いては沈み、ひたすらにめぐり、めぐるだけだ。

ひとつ……観覧車には、かなりの高い確率で、現役のしけた男女が夢遊病者みたいに乗ってしまう。現役の景気のいい人間はまず乗ろうとはしない。視野にも入れない。第一、観覧車は景気のいい人間には似合わない。

ひとつ……観覧車は大地の裂けめから突然に生えでた花の、その残影みたいに、はかない記憶でしかない。

ひとつ……観覧車はなにも主張しない。

ひとつ……観覧車にはなんの意味もない。

他人のこしらえた世界観なんてものは、たぶん、他人の入れ歯のように、もともと私の口にはしっくりとはまらないはずのものだから、口のほうが、無理して帯びてしまった考え方を吐きだしたがるということもある。いっそ捨ててしまいたいな。そんなやるせない時に、たまたまそこに観覧車があったというだけのことかもしれない。立ちつくし、口を半開きにして観覧車を見上げるたびに、前進なんかしなくていい、進歩なんかなくていい、この世に急がなくてはならないものなんかなにもない、と私は思ったものだ。世の中も私自身もひどく愚かで、不景気なほうが落ち着きがいい。ゴンドラの縦回転の、永遠に変わらざる同一軌道を眺めていると、そのように深く納得してしまう。

観覧車には意味なんかまるでない。でも、世界には観覧車以上の意味があるなどと威張っていえるほどの意味があるだろうか、と考えたこともある。たしか、井《い》の頭《がしら》自然文化園の小観覧車に乗っていた時のことだ。日本中が阪神大震災で恐慌状態に陥っていたころ、私はうっすら後ろめたさを感じつつ、ペイントが剝げて錆も目立つそこのゴンドラに揺られ、観覧車の無意味について考えていた。

この季節の観覧車っておそろしく人気がない。真冬のかき氷屋みたいなものだ。客は私ひとりだった。眼下でオレンジ色の制服のおじさんやおばさんたちが、ひそひそ大震災の話をしながら落ち葉を焚《た》いていた。さっき、この小観覧車のスイッチを入れてくれたおばさんもそのなかにいた。おばさんは宙に凍りついていた観覧車を指一本押すだけでまるで魔法使いのように回してみせた。白い煙が風防ガラスのない吹きさらしのゴンドラにまでたなびいてきた。林の向こうを走る右翼の街宣車から切れぎれに軍艦マーチが聞こえてきた。

煙にむせながら私は思った。観覧車なんかなにも特段の意味がない。一人百円で一周三分十秒。十一メートル三十センチの頂点に上りつめたら、立ち枯れたみたいな木立やオレンジ色の電車を白い煙越しに見るともなく見て、あとは下るだけ。それだけ。ゴンドラを降りると、なんだかずいぶん長かった旅をやっと終えた気がすることもある。でも、すぐに忘れてトイレに向かったりする。ほんとうに信じられないほど、それだけのことなのだ。開いた口がふさがらないくらい無用の構造物である。けれども世界はいま、みずからが有用としてこしらえた無数の構造物に裏切られ、窒息し、押し潰されていやしないか。

それにしても、観覧車って花によく似ている。自然文化園の小観覧車から降り立って私は思った。ゴンドラは花弁だ。ここのはキク科のシネラリアみたいだ。三分十秒の無意味を終えて私は観覧車を背にして歩く。すると花の思い出がてもなく薄れるように、乗ったばかりの観覧車の記憶はたちまち希薄になっていく。道すがら敷地内にある動物園でフレミッシュ・ジャイアント（世界一大きなウサギ）の交尾を見たり、ゾウのハナコのおならを聞いたり、アライグマが後ろ足で立ってゴムみたいな手をぱちぱち叩き餌《えさ》をねだる姿を眺めでもすれば、もうまったく観覧車のことなど忘れ去り、私は人にとって有用とされる街路に戻る心の準備をしているのだ。有用な街路はかなりの緊張を要する。

C

私はかつて、ある女性誌に観覧車そのものに関する短編小説を発表したことがある。阿刀田高が一九八〇年代に『街の観覧車』という題で連作を発表しているけれども、テーマは観覧車そのものではなかった。だから、私のは日本初の観覧車小説だったといってみたいが、じつはとんでもない駄作であった。おまけに、その女性誌が同じ号でたくさんの男性ヌード写真を袋とじにして売るという、これまた日本初の企画を敢行して話題になったために、雑誌は数日で完売したのだが、大方の読者は袋とじを破いてヌードを見るのに夢中で、できの悪い観覧車小説など読んだのはごくごく少数だったようだ。当然である。

小説のタイトルは『観覧車のある風景』だった。つまらない題だが、中身にはもっと問題があった。その問題は観覧車の本質にいわば抵触することだったので、私はいまでも反省している。男性ヌード写真もそうだが、私の短編も負けず劣らずにあざとかったのである。

書きだしはこうだった。

観覧車がなぜ好きかをいうなんて、モンストローサ系のホワイトデージーがどうしてああも清楚なのか説明するみたいにあたりまえすぎて、いやになる。ものみな派手なのに、こちら地味、みな速いのにノロマ、みな意味があるのに無意味、みなエキサイトしているのにそぞろ寂しい、みな効率的なのに非効率的。だからいい。つまりは逆説の形象である。

これは、まあ、なんとか我慢できる。問題は次。「じつは、それ以上の、謎めいた構造物なのだ」と意味深長を衒《てら》って私はいきなり本題に入った。観覧車の「謎」に読み手を引きつけて、話をつないでいこうとしたのだった。浅はかであった。

謎とはこういうことだ。

主人公の「私」は、「観覧車に乗って宙を一回転すれば、神に定められた命より一日長く生きられる」という話を、いつかどこかで小耳にはさむ。二回転なら二日、三回転なら三日間延命できるという、じつに結構毛だらけな、しかし、にわかには信じがたい話である。で、「私」はその謎を解明しに旅にでる。ロシア、ウクライナ、オーストリア、ポーランド、旧ユーゴスラビア、ドイツ、エチオピア、ケニアとさまよい、各地で観覧車に乗りまくっては、学者や古老に観覧車伝説や一回転・一日延命の謎について問い、ついにバングラデシュ（ここには木と竹だけでできた観覧車がある）で真相を知るにいたるという筋立てであった。

私のこしらえた「真相」が一体どんなものか、思いだすだに恥ずかしいからここで再び明かすことはしない。いわゆるアンティクライマックスというやつである。竜頭蛇尾。私の友人に『ワカメに発生する癌《がん》について』という百枚の卒論を書いた男がいるのだが、私の短編の結論はこの卒論に似ているかもしれない。なぜなら、友人は、論文のなかで、ワカメにも癌が発生するという極めて深刻な仮説を立てておいてから、一年余の研究の結果、ワカメには癌など発生しないことが判明したと結んでいるからである。

しかし、竜頭蛇尾にこの短編の過ちがあるのではないと、私は思う。決定的ともいえるまちがいは、観覧車になにかの意味が少しでもあるとしたら、ひどく無用ないかなる実在に比べても、観覧車にはほぼ完璧に意味がないということだけなのに、観覧車というものをいかにも意味ありげに書いたことなのだ。

たとえばセルロイドの風車の無意味に比べれば観覧車には意味があるではないか、とあなたは反論するかもしれない。横浜の食用カタツムリ輸入業者の愛人であり、私の飲み友達でもあるアサコも、以前そのように問うたことがある。アサコは『観覧車のある風景』

の極めて数少ない読者の一人だった。もっとも彼女は「たとえば竹とんぼの、あの無意味に比べれば……」といったのだけれども、趣旨は同じだろう。

私はしぶしぶアサコに答えた。

「回転する円の直径の長短は、回転する円の無意味には関係ないよ」

答えになってないわ、と彼女はいった。私たちはその時、横浜のコスモクロック21の青いワゴンで空に浮かんでいた。食用カタツムリ輸入業者が仕事で名古屋に出張した火曜日の、月のない夜だった。缶ビールが死ぬほど冷たかった。阪神大震災よりほんの少し前のことだ。客はまばらだった。観覧車にはひとりで座るのが私には居心地がいいのだが、アサコの誘いについのってしまったのだ。そのころ地震であんなにたくさん人が死ぬなんて誰も考えも夢見もしていなかった。瓦礫に五千四百人以上が押し潰されるなんて。私はつづけた。

「竹とんぼは玩具だろう。観覧車は玩具でさえない」

私たちは地上百五メートルの中空に向かって、とても弧とは思えないほど緩い弧を描いて上昇中だった。この大観覧車の直径は百メートルもあった。アサコは笑ってなおも反駁《はんばく》した。

観覧車は玩具でなくても、遊具でしょう。玩具より遊具のほうが意味があると思わない？」

私たちは対面して座っている。潮の香りがワゴンの透き間からしのびこんできた。彼女の髪の後ろに、数億トンのタールの溜りみたいなベイが見えた。夜が明けたってとても水色になどなりはしないくらいどす黒く重い水に見えた。

「ほんとうに遊具かどうか、怪しいものだ。われわれはここで別に遊んじゃいないし……」

遊具として便宜的に分類されているだけなんだ、と私は補足した。現に私と彼女はここで遊んではいない。これが遊びだなんていえるだろうか。働いてもいないけれど。いるだけだ。ただいるだけ。実際の話、われわれがいまここにいる事実は、我々がいまここにいない事実とびっくりするほどのちがいはない。私たちは話をしているだけだ。芯がそっくり抜け落ちた、空洞の話。話なんかしていないみたいな希薄な話。私は力まないように努めて、次のようにだらだらと話をつづけた。

存在するものは、どうしてはっきりとした意味を持たなくてはならないのだろう。たぶん、ものにも他人にも自分にも、それらの様々な組み合わせの関係にも、いちいち意味を持たせないことには気がすまないやつらがひどく多いからだ。万一、自分に意味があたえられなかったり、名刺に刷りこむべき肩書きがなくなると、まるで自分の全体が金玉を二個とも抜かれたへろへろの陰嚢にでもなったように落胆して、半日だって生きてはいけない男はたしかに無数にいる。そういうやつは、じつのところ、絶えず自分になにがしかの意味を感じていて、他人をも強引に意味づけする癖がある。意味がどうしても見いだせないと、玉なしのふぐりにするように他人をさげすむか、内心さげすんでいるくせに、慈愛に満ちた目をしてみせたりする。一般に、こういう男は観覧車をほとんど意識しない。観覧車なんか、とくに田舎のみすぼらしい観覧車なんか、揮発しつつあるエチル・エーテルの透明な輪のようにしか見えないのだ。つまり目に入らない。世界の大人の大多数はこの種の人間たちであって、世界の意味の大半は彼らによって支配されている。いまのところ、ほんとうに幸いなことに、彼らは観覧車を遊具と大ざっぱに分類しているだけで、特定の意味をあたえようとはしていない。もともと意味がないのに、意味をもたされたら、観覧車もいろいろとやりにくくなる。

D

私はまた一口、ビールを飲んだ。アサコも飲んだ。二人とも震えて飲んだ。コスモクロック21はたしか飲酒禁止だった。もっとも真冬の観覧車でビールを飲む客なんてそういないはずだ。私たちの乗ったワゴンは、百五メートルの円の頂点に近づきつつあった。ベイと空の境目が消えていた。白い船が見えた。船は空に浮いているようにも、黒い鉛の海で滞っているようにも見えた。アサコは鼻に皺を寄せてワライカワセミのように笑ってから、「彼はね……」といった。食用カタツムリ輸入業者のことを話そうとしていた。アサコが月々お金をもらっている横浜の男のことを、私は金持ちの食用カタツムリ輸入業者としか知らなかった。

「とても大きな睾丸の持ち主だけど、私といっしょにこの観覧車に乗ったことがあるのよ。できたばかりのころは招待客として乗って、ここから富士山を見たっていってたわ。睾丸の大きな男だって観覧車に乗ることがあるのよ。あなたの話、どこか変だわ。いじけているわ」

〈大きな睾丸の持ち主は観覧車には乗らない〉〈乗ってはいけない〉などと私はいっていない。でも、そういったような気もしてくる。どこか不思議な説得力があるからだ。大きな金玉をぶらさげた男の多くは観覧車には乗らない、か。まあ、いい。「問題はコーガンにあるんじゃないよ」と私はいった。それから後は演説口調にならないように気をつけて努めて静かに話した。寒くて時々息が詰まり、声が震えた。

「観覧車には誰が乗ったっていいのさ。観覧車を即金で遊園地ごと買えるような大金持ちでも、ラマ教徒でも、連続放火犯でも、レイピストでも、重さ二キロの睾丸の持ち主でも。……でも、ふと、ひとり乗ってみようと思う時、彼もしくは彼女は、存在自体がきっと不景気なんだ。心が希薄になっているはずだよ。金持ちは人間ドックで直腸癌の疑いを指摘され、連続放火犯は放火に飽きて図書館司書の勉強をはじめたものの、どこか空しくて、レイピストは強姦の意欲は旺盛でも勃起不全となり……たとえば、そんな状況下で観覧車と出会うわけさ。その時、観覧車は非在に限りなく近い、意味のない実在なんだ。だから、ふわりと乗ってしまう」

食用カタツムリ輸入業者の彼の場合はどうなのかわからないけど、と私は口ごもりつついい足した。

私たちは夜空の頂点にあった。あれは東横線だろうか、電車が赤く発光する糸ミミズのように大地を滑っていく。アサコはいう。息が白くなっていた。

「彼は馬のように健康だし、ワゴンのなかでばかみたいに興奮してたわ。最初は私、なにかされるのかと思ったけど、私に触りもしなかった。子供のころから高い所に上るのが好きだったって十五分間に三度もいうのよ」

その彼を見ていたら、手切れ金をもらって別れる時期を少し延ばしてもいいかなと彼女は思ったのだそうだ。アサコは夜景に目をやりながら、口から柿の種子でも吐きだすみたいに言葉をつないだ。

「少しも意味のないものってこの世の中にあるかしら。オブラートにだって意味がないわけじゃない……」

他のものはどうでもいい。オブラートのことではなく、いまは観覧車のことを考えてみたいのだから。私はそういいかけてやめた。

アサコの彼は、コスモクロック21が世界で一番大きいことをきっと意識したのだろうな、と私は底意地悪く思っていた。これに乗る意味を探したのではないか。「世界一」だから乗る気になったんじゃないか。

そこで、私は脈絡なく思いついたことを口にする。ほんとうに、その時、不意に水が湧くように思いついたのだった。

「観覧車って、どれも世界一高いんだよ」

えっと軽く声を発して彼女は私の顔を下からのぞくようにした。私たちのワゴンを支えているアームがその時点灯されて、アサコの顔がオレンジ色に輝いた。その顔にではなく、私は私の思いつきにはっとする。そうだ。

「観覧車には、意味だけでなく、観覧車間の相対差もない。いったん乗ってしまえば、どれでも、この観覧車が世界のどの観覧車よりも高い眺望が楽しめると思ってしまうんだ」
そう説明しつつ、私は、観覧車の特徴一覧表にこのことを書き加えなくてはならないと思う。

ひとつ……いかなる観覧車も世界で一番高い地点からの眺望を保証している。複数の観覧車間には高さの相対差が存在しない。

そういえば、このことには、ダッカで、木と竹で組み立てられた人力の観覧車に乗った時にも想到したのだった。丸太と竹の柱に支えられて、赤いペンキを塗った腕木が十字に交差して左右に二組あり、その先に粗末な板のゴンドラが四つだけぶらさがっているという、コスモクロック21の対極ともいえる世界最低の観覧車だった。それは、ナゴル・ドラと呼ばれていた。腰布姿の男たちが、ばらばらに解体したそれを、早朝にどこからか荷車で学校の校庭や広場まで運んできては組み立てる。小銭を払って子供たちが乗りこむと、薄汚い布で頬かぶりした、いやに目の鋭い男が、腕木にビーフジャーキーみたいに細くて褐色の両手をかけて、ぎぎぎといったん引き下げ、次に押し上げて弾みをつけてから、えいやっと渾身《こんしん》の力で引きおろすと、腕木ごとゴンドラがゆっくりと回転するのだ。小銭もなくてそれに乗れない子供たちは、ナゴル・ドラの回転を下から見て、まるでスペースシャトルの打ちあげでも見物しているみたいに興奮して歓声をあげる。

私も、底板がいまにも折れそうなゴンドラに乗ってみた。板が軋《きし》み、体が灰色の湿った空にもちあげられた。頂点でも四メートルほどしかない。私の目は、それに座高分を足した位置にあるにすぎない。なのに、じつに高いのだった。黒ずんだ家並み、痩せこけて垢《あか》だらけの子供ら、ごみため、のら犬たちが豆粒みたいに見えた。横浜のコスモクロック21よりもはるかに高い、世界一高いと実感したことだった。木のゴンドラは、はっきりした弧を描いて下降すると、犬の糞をかすめるほど地べたすれすれまで沈みこみ、糞とごみと土のにおいを巻きあげて、再び高く、高く、めまいがするほど高く、カラスたちの舞う中空へと上昇する。回転速度が緩むと、頬かぶりの男がゴンドラを吊している腕木に両手で体ごとぶらさがるようにして、肩が外れやしないかという勢いで下に引っ張る。灰色と褐色と黒の色紙しか入っていない万華鏡のなかで、きりもみする紙片の一枚のように私はめくるめいたのだった。

ナゴル・ドラだけでなく、井の頭自然文化園の小観覧車でも、低いとなんて一度も感じたことがない。どうしてだろうか。軽度の高所恐怖症だからだろうか。コスモクロック21

の高度は、私にはあまりに抽象的すぎるから、高いとも怖いとも感じないのかもしれない。

アサコと私の乗ったワゴンは静かに冬の夜を下降していた。私は胴震いし、アサコは手のひらに息を吹きかけパンプスを踏み鳴らしていた。下降中の観覧車はいつも、あっけない終わりを予感させて、寂しい。どこか白々しくて、虚ろな終わりかただ。なにかが見えたとしても、その記憶は、ワゴンが沈むにしたがい薄らいでいく。ダウンジャケットの羽毛が少しずつなくなっていくように。私たちは一回転十五分のうちの十三分をすでに虚しく費やしていた。私はそれまでなにを話していたかさえ、あっさり忘れてしまいそうだった。アサコが、ああ、おしっこしたいわ、とひとりごちた。

私たちは無口になっていた。沈んだ気持ちでワゴンを降りた。アサコは駆け足でトイレに向かった。その時、手編みの雪帽子に白いマスク、それにオーバーコートの襟を立てた猫背の男を見た。これからひとりで観覧車に乗ろうというのだ。目を見たら、あっ、亡くなった父ではないか。そう思い、一瞬だけ胸が詰まったが、むろん人ちがいだった。もう一年近く会ってはいないけれど、父は死んではいないはずだった。男はひとりでワゴンに乗りこんだ。空しい終わりの回転を、たぶんそうとは意識せず（いや、しているかもしれない）、これからはじめるつもりだ。輪のなかの老いたハツカネズミみたいに。

私は立ちつくし大観覧車を見あげた。全体として円形の魚骨みたいだった。度はずれて巨大な無意味がしずしずと寒空を回転していた。アサコはいまごろ、熱くてビールくさいおしっこをたくさんしているはずだ。そのころは、大地震で神戸の風景が一変するなんて誰も考えていなかった。いま思えば誰もが不思議なほど楽天的だった。

E

ところで、〈観覧車で一回転すると定命より一日命を長らえることができる〉という、ありもしない「謎」をテーマにした私の短編は、ごくつまらないホラ話であり、観覧車に関する知ったかぶりを安っぽい感傷でまぶしているだけなのだが、一ヵ所だけ、まあまあ許せるところもあったと思う。次のくだりである。

亀ほど長い命に、意地汚くさらに命を重ねようとする人間は多い。一回転一日延命の秘密が明るみにでたら、まず間違いなく日本中の観覧車に長蛇の列ができるだろう。病弱の人を押しのけて、新宿の住友ビルの屋上から飛び降りても死にそうもないやつが観覧車に乗ろうとする。金持ちは既設の観覧車を買収するか、自宅の庭におったてるかして、バス、トイレ、電話、ハイビジョン・テレビつきのワゴンで回転しながら暮らそうとするかもしれない。……中略……一回転一日延命の謎など、なまじい解かないほうがいいようにも思えてきた。悪用が目に見えているから。

ほんとうにそうだといまでも思う。

人の弱みにつけこんで金儲けしようというやつだってきっとでてくるにちがいない。観覧車に乗って瞑想すると定められた命を長らえることもありえます。一回転で一日、二回転で二日、三回転で三日……。著名宗教家Aがそのようなことをいいだす。私が短編で吹いたようなホラをもっと上等に、重厚に、もっともらしく吹くだろう。次いで、観覧車と延命に関する、です・ます文の著書が大手出版社から鳴りもの入りで刊行されることとなる。出版社内では多少の反発はあるものの、著者のビッグ・ネームからすれば、初版十万部の完売はまずかたいところだし、タレント本だけじゃない、もうすでに埒もない政治家のばかばかしい永田町ものだってベストセラーにしているのだから、比べれば観覧車なんか罪がない、なんだか夢もあるじゃないか、と議論が推移して、見切り発車。

序文では、当然ながら、迫りくる終末が語られる。定番だがタイムリーだしそれなりに説得力がある。大地震が連続している。次はどこか。日本中がいま、まるでロシアン・ルーレットのような恐怖に怯えています。にもかかわらず静かに整然と生きている「日本人の美質」にも触れられるだろう。そして、これもお定まりの、近代西洋科学のパラダイムの混乱と無力、超常現象の多発、ニューエイジ・サイエンスの台頭とその有効性をさらりと説く。

本文では、観覧車と輪廻《りんね》の関係が相当の行数を費やして説明されるにきまっている。死と再生を三世にわたってくりかえす……輪廻。それに、曼陀羅《まんだら》についても語られるかもしれない。その円輪は宇宙の本質を具足しています。輪の回転は森羅万象の淵源なのでありょます。観覧車は輪廻転生《てんしょう》の、無意識の具現化であり、解脱《げだつ》と救済のカギもここにあるのです。

本文の後半では、「観覧車と瞑想」に関して、一章もうけられるにちがいない。ゴンドラにおける瞑想のありかたが教示されよう。それから、著名宗教家Aのもとに全国から書き送られてきたということにして、不可思議な経験談の紹介にもう一章をさく。ゴンドラで回転し瞑想するうちに、亡くなったはずの母を見た話。ゴンドラのなかで水子の霊と話をした話。向かいあう座席に、死んだ自分の姿が見えた話などなど。この章ではじめて、延命経験がさりげなく紹介されるわけだ。週に一回あらかわ遊園の赤い観覧車に乗って、空と隅田川とを無心に眺めていたら、胃癌が切らずに治りました。彼といっしょに死のうと思って関越道を車で走っていたのです。本庄児玉インターで降りて、伊勢崎市に向かっているとと大きな観覧車が見えました。死ぬ前に乗ろうと彼がいうので、乗りました。華蔵寺公園遊園地の、「ひまわり」という名前の、きれいな大観覧車でした。地上七十メートルの頂点で上毛の山々を見ているうちに二人とも期せずして「もう一度生き直そう」と思いました……。

「本の帯はどんな文句になるのかしら」

アサコが問うた。食用カタツムリ輸入業者の彼は福岡に出張中だった。私たちは神谷町のビルの谷間のバーで飲んでいる。大地震から十日ほどたったある日の夜だった。人々は少し落ち着きを取り戻しているようだった。促されて私は帯のコピーを考えた。

「二十世紀末のノアの方舟――観覧車。いま解脱と延命の謎を解く」

いってから、これじゃ旧約聖書と仏教の合体みたいなものだと思った。大ベストセラーになったらどうなるの、とアサコは再び問うた。どうなるだろうか。私は思いつくままいってみる。

新聞はしばらく無視するにちがいない。その間にも、各地の観覧車には長蛇の列ができる。ゴンドラが四つしかない浅草花やしきの「ちびっ子観覧車」から、コスモクロック21

まで。旅行各社が「添乗員つき格安全国観覧車ツアー」を競う。ウィーンのプラター公園にだって連れていくだろうな。週刊誌はむろん、乗客で鈴なりになった観覧車のグラビア特集だ。「観覧車現象――私はこう思う」という識者・芸能タレント談話特集も、なくちゃならない。「ゴンドラの美少女へアヌード・ベスト7」と、まあ一部は脱線気味になるだろうな。それに「あなただけに教える……延命効果抜群の観覧車はここ」という特集も登場する。テレビは「観覧車……世界の旅」を確実に企画する。出版社には「でたらめだ」と「感謝してます」の読者カードが交互に届くだろうけれど、委細構わず、続および続々・観覧車本の企画が進行するはずだ。別の出版社も乗りだすだろうな。社会心理学者が「観覧車現象」をオカルティズムと関連づけて月刊誌で論じる。キリスト教系の著名宗教家BがAに公開討論を挑むかもしれない。Aはこれを避けて潜伏し、続観覧車本をゴーストライターに書かせている。全国各地で新規に観覧車がつくられる。いうまでもなく、震度七の激震に耐えられる新設計がうたい文句だ。……ああ、疲れた。

「そこまでやるかしらね」

アサコがグラスに煙を吹き入れながらつぶやいた。さあね、そこまではやらないかもしれないね、と私は応じる。なにも自信がない。絶対にやらないだろうとも私は思っていない。

「日本人って、そんなばかなのかしらね」

アサコが口ごもる。利口《りこう》ともいえるのじゃないか、と私も口ごもる。日本人って、という主語が、どうもアサコみたいにするりといえないことのほうを気にしつつ。

「そうなったら、あなたはどうするの？」とアサコ。

「乗りにくくなるな……」

「私は、たぶん、乗るな。ばかばかしいと思っても、乗ってみるな」

私はどうするだろう。かつて私が女性誌に書いた短編小説では、観覧車で一回転・一日延命の「謎」は、あるようでなく、ないようであるみたいに、尻すぼみで終わっている。恥ずかしいけれど、引用してみる。観覧車（この場合、ナゴル・ドラ）の謎を知る、ダッカの、巨大な耳を持つ、カーンという名の老人が終盤で打ち明けるシーンだ。


老人は目を細めて笑った。一回転・一日延命の伝説はほんとうにあるのか私は問うた。

「あるにはある。だが、愛しい人だけなのだよ。恋人でもいい。親でもいい。兄弟姉妹でもいい。心から愛しいと誰かに思われている者だけが、ゴンドラの回転でほんの少し命を延ばせるのだよ」


回る向きは延命に影響するの？

「いいや。（著者注……乗り口から見て）時計回りでも、その逆でもいい。優しく揺られて空をひとまわりすればいい。一日分長生きできる。できなくても、そんな気分にはなれる」

耳をハタハタ振ってカーンは笑った。

できなくても、そんな気分にはなれる。そうカーンにいわせた時、物語は破綻した、と私は改めて考える。アサコは読後「そんなに悪くないじゃない」といってくれたのだが、架空の著名宗教家Aによる架空のでっち上げよりも、もっとお粗末だ。「心から愛しいと誰かに思われている者だけ……」だって。ヘン、笑わせるじゃないか。心から鬱陶《うっとう》しいと誰かに思われている者はどうすりゃいいんだ。嘘なら嘘でつき通すべきだ。でも、やはり、最大のまちがいは、観覧車という無意味に意味をあたえようとしたことにあると私は思う。意味は無意味を、結局のところ説明できはしない。でも、それでは観覧車について人を説得することはできない。記号みたいな無意味では、観覧車のゴンドラに載せられたたくさんの感傷的意味にも懐旧的意味にも、勝ち目がない。そして、今度は架空の話だけれども、観覧車＝「ノアの方舟」論だ。ゴンドラには、感傷と懐旧のほかに、宗教と実利が載せられる。圧倒的ではないか。私はどうすればいいか。

「真相はどうせ結局わからないと思うのよ」

突然にアサコが話しだした。さっきあんなに大きかったアサコのグラスの氷が解けてなくなっていた。いや、解けたのではなく、かりこりと彼女が食べたのかもしれない。

「定命って結局、正確なところは、わからないんでしょう」

最高は八万四千歳、最短は十歳という仏教の話を聞いたことがあるが、たしかにわかりはしない。

「終わりがいつかわからなければ、新しいはじまりがいつかもわからないわ。何日間予定より生き延びたかも、わかりはしないじゃない」

J&Bをもう一杯注文してから、彼女は「つまり、ばれやしないのよ。誰にも」と言葉を接いだ。

「命が予定より延びたともいえるし、定められたままだったともいえるし……」

架空の著名宗教家Aは、アサコによれば、じつに手ごわいのだった。彼女は、勝ち誇るように、態度決定を迫るのだった。

「ねえ、あなた、どうするの。観覧車現象が起きたら。戦えるの」

圧倒的意味にあなたは勝てるのか、と問われているようなものだった。観覧車現象は遅ればせながら新聞でもとりあげられるだろう。国会の予算委員会でも議論されるだろうな。

誰が質問に答えるのだろう。科学技術庁長官だろうか。自治大臣だろうか。話題になればなるほど、意味は増幅され、観覧車はますます意味にまみれていくはずだ。

「現象が鎮まるのをじっと待つしかないな」

ゴンドラに乗らずに毎日を我慢できるだろうかと疑いつつ、私はアサコに答えていた。非戦闘宣言。意味を盾にする敵とは戦う気がしないのだ。いいあえば、いいあうほど、おそらく観覧車の無意味は意味化していくだろう。問題は、観覧車現象がピークに達した時だ。私の体内の輪と世界のあらゆる観覧車を重ねている同心円的な無意味が少しずつ揺らぎ、ずれていくことはないだろうか。ああ、私もまた、観覧車になにかの意味をあたえる愚を犯すのだろうか。

「卑怯ね」といって、アサコはワライカワセミのように笑った。そう、ほんとうに卑怯かもしれないなと私は思った。アサコはそれから横浜の食用カタツムリ輸入業者のことをひとしきり話した。彼にはたくさんお金はもらっているけれど、いままで一匹だってエスカルゴなんかもらったことはないと彼女はいった。そして、彼がほんとうに食用カタツムリ輸入業者なのかどうか、じつは証明するものはなにもないのだと悲しそうに告白した。私は軽い驚きを感じた。カタツムリのにおいをさせているわけじゃないし、かりにさせていてもカタツムリのにおいなんかもともと知らないし……とアサコはつぶやいた。私は彼女を好きになりそうだと思った。そのことは告げずに、私の友人の都立総合病院の外科医師が最近休暇をとってボランティア医師として神戸に行ったことを話した。その男がどんなに優しい人物か、私は時間をかけてゆっくりと話した。アサコは、私の周りにはボランティアで行った人はひとりもいないわといった。彼女は大地震が次に関東を襲うことをひどく怖がっていた。

私は彼女に井の頭自然文化園の、古くて小さな観覧車を見せたくなった。九つしかないゴンドラの、時計と逆回りのその観覧車の、形容のしようもないなんでもなさが私は好きだった。彼女は興味を示した。

F

一九九五年三月中旬のよく晴れた日曜日の午前中に、私はアサコと吉祥寺駅前で落ち合った。暦は先勝。食用カタツムリ輸入業者は妻子と鬼怒川《きぬがわ》温泉に行ったらしい。私たちは最初に井の頭公園入口近くの茶店でやけどしそうなほど熱い甘酒を飲んだ。アヒルやオシドリを見ながら池沿いに歩き、坂をのぼると梅が甘酸っぱくにおってきた。公園をいったん抜け、歩道橋を渡ると自然文化園だ。ベニコンゴウインコ、フレミッシュ・ジャイアント、アライグマ、タテガミヤマアラシの順に動物を見て、キツネやタヌキは省略し、サル園方向にまっすぐ進もう。私はそう計画していた。サル園の後ろにはカエデ科のトウカエデやバラ科のサトザクラの老木が立ち、近くにスカイバスケットやメリーゴーランドがあるはずだ。その背後に、ごく小さな錆びた観覧車がある。観覧車の後ろには観覧車よりも高いスギの木があり、その先は塀で行き止まりだ。サル園のあたりでいつも早足になりがちだが、今日はゆっくりと観覧車に向かおう。ブースで二人分二百円の観覧車切符を買ったら、おもむろにアサコにいいたいことがあるから。前夜考えたことだ。私はそれをすでに観覧車の特徴リストに加えていた。決定版だ。

ひとつ……観覧車は人が無意識にこしらえた意味抜きのアジールであり、無意味の避難所である。

説明は簡単なはずだった。アサコは早朝の牧場で搾《しぼ》りたてのミルクを飲むように気持ちよく納得してくれるだろう。私は私でゴンドラで十一メートル三十センチの頂点にのぼり、下る間に、ここが意味抜きのアジールであり、無意味の避難所であることを、綿菓子でも食うみたいに歯ごたえもなく実感すればいい。それで終わりだ。それで終わりにして、しばらくは観覧車のことを考えるのをやめにしよう。そのように私は計画していた。

フレミッシュ・ジャイアントたちは、しかし、この日も交尾していた。このデブウサギどもは交尾していないためしがない。褻《け》にも晴れにも、だ。この日はおまけに、アライグマの群れのうちの牡の二頭にさかりがついていて、相手が牝《めす》だろうが同性だろうが尻とみればのしかかるために群れ全体が恐慌状態に陥っていた。アサコはこれに興奮してデブウサギやアライグマに「しっかり、しっかりやれ」と、かけ声をかけたり、刺《とげ》だらけのタテガミヤマアラシのカップルの場合は相手を傷つけずにどのようにセックスするのか私に質問するのに夢中で、観覧車のことなんかすっかり忘れているようだった。サル園にたどりつくのに、だから、三十分もかかってしまった。

行こう、と私はアサコを促した。

どこに、と彼女は私を見上げた。

観覧車へ、と私はいい、観覧車が意味抜きのアジールであることについて、切符売り場にいたる前に、話しはじめた。前夜の思いつきを忘れそうで、焦っていたのだ。人はみずからこしらえた意味世界に倦《う》んだり押し潰されたりするから、意味抜きのアジールとしての観覧車を、おそらく無意識につくったんだと思うんだよ。そう切りだしてから、「家にも会社にも監獄にも意味という意味が満ちているし、意味どもはいつだって横なぐりに、あるいは背後から襲いかかってくるから、せめて完全な無意味の避難所、つまり観覧車が必要になったわけさ」と補足した。いいつつ、なぜか、言葉がひとつひとつ灰青色の空に揮発していくのを感じた。アサコはけらけら笑って反論した。

「ほら見なさい。観覧車には避難所っていう意味が十分にあるじゃないの」

避難所にはただの無意味しか用意されていないから、意味があるとはいえないよ、と私は力なく応じ、行こう、と再び彼女を促した。

でも、どこに、と彼女は問うた。

私は振り向いて指をさし、観覧車へさ、といった。

指の先に、メリーゴーランドとその向こうのスギの木があった。どこによ、と苛立って、アサコは指の先と私の顔を見比べる。この指の先で回っているはずの小観覧車は、インク消しを塗られたみたいに消えていた。赤、青、黄色の水玉模様つきの楕円のゴンドラの輪郭が、それでも中空にうっすらと見える気がしたので、目をしばたいてみた。やはり、なにもないのだった。スギの木の根方はまるで嘘みたいな、さら地になっていた。

どうしたの、と彼女は小児科の優しい女医のような声になって問うた。私は往生際悪く三度、目をしばたいた。血が引いていく心地がして、消えた観覧車に向けていた手をだらりとおろすしかなかった。アサコが答えを待たずにいった。

「どこかに飛んでいったのね……」

「どこかに飛んでっちまった……。無意味が」と私はいった。

切符売りブースのおばさんが教えてくれた。客足が遠のいて、採算が合わなくなったので三月七日に解体して撤去したのだ、と。よかったじゃない、一回転で一日延命はいまのところ、全然はやってないわけよ、とアサコはなにもない空を見上げてつぶやいた。

私の胸の奥の輪は、不思議に消えずにあった。かつて観覧車のあった空を、私も見上げた。自然文化園の小観覧車は、シネラリアみたいな花になり、くるくる空を回転しながら飛んでいた。「どこかに飛んでったのよ」とアサコは歌うようにいった。

単行本書き下ろし

Ⅵ

極小宇宙から極大宇宙へ

極小宇宙から極大宇宙へ

小さな卵がひとつ、冷たい鉄の非常階段に落ちてわれていた。卵はついさっき落下したばかりなのか、さいごのぬくもりとにおいが消えかかり、なにか微《かす》かなものが宙にたちのぼっていく気配があった。黄身はくだけて、白っぽい殻のかけらといりまじりオレンジ色の飛沫が、目も染まるほど鮮やかに四方に飛びちっている。息をのんだ。まるで爆発なのである。ニワトリではなく、たかだか親指サイズのキジバトの卵らしいのに、破砕のさまがいかにも凄《すさ》まじいのであった。ただそのことにおどろいたのではなく、わたしはどうやら大変な瞬間にたちあってしまったらしい、という不思議な思いに打たれたのである。倏《しゅっ》忽《こつ》にして滅する存在のはかなさ、というのとも、それはことなる。失意にも恍惚《こうこつ》にも似たあの感情はなんなのか、なんだったのか。アパートの非常階段をおり、遊歩道にむかってあゆみつつかんがえた。動悸《どうき》はおさまっていない。

サクラは満開だったのが嘘のように散りおえて、イスノキとともに新しい葉むらにおおわれている。いちだん低い位置には、ボケが濃い血をまき散らしたように咲きのこっている。樹々の根方には、ハナニラ、ハナダイコンが咲いています。あるくほどに鼓動がゆったりとしてくる。地面では、ごま粒のようなアリたちが干からびたミミズの死骸をはこんでいる。目にうつるものはすべてこともなげであり、恬然《てんぜん》として、なにごとかにこだわることも、ためらうこともない。それは、この世の事理をすでにあらかたわきまえているか、未来にたいしあまりにも無知で無防備か、そのようにふるまうべく予《あらかじ》め定められているか——のいずれかであろうとおもわれた。グッググーー・グッググーー・グッググーー。くぐもった声を背中に聞いた。ふりかえると、紫灰色のキジバトだった。わたしを追うように地べたをあるいてくる。われた卵を目にうかべた。鼓動がまたみだれる。

アパートの非常階段の天井ちかくに、キジバトが巣をつくったのはずいぶん前から知っていた。鉄のうつばりのへこんだところに、つがいのハトがせっせと小枝をはこんでいるのをなんども見ていたから。爪先だちでのぞくと、民芸品のカゴみたいな、すり鉢型の巣があった。卵は夜にはメスが、昼にはオスが交代で抱いているらしい、と管理人が小声でおしえてくれた。二週間強で孵化《ふか》するだろうというので、なんとはなしに雛《ひな》を楽しみにしていたのが、あの惨状である。親バトたちはさぞや落胆しているであろう、といったんは反射的にハトの立場を慮《おもんぱか》ってみたのだ。そうおもえば、卵のくだけたあの現場はしごく凄《せい》然《ぜん》と見えてくるのだが、どうじにわたしには、それと矛盾する、なんといえばよいのだろう、人外《にんがい》な感情もわいてきたのだった。

キジバトはおそらく悲しんでなんかいない。卵の落下、破砕のあの風景は、人間がじぶんたちだけの視界で想定するような悲惨な「できごと」ではなく、キジバトにとっては、よどみなく流れゆく時間のなかで継起する変化のひとつにすぎなかったのではないだろうか。だとしたら、わたしは非常階段でいったいなにを見たのか。なぜ、あんなに動揺したのだろう。グッググーー・グッググーー・グッググーー。キジバトがついてくる。ハナニラがにおう。どこかで早咲きのギンギアナも香りをはなっているらしい。なぜ非常階段で後頭部にうっとりとしたしびれをかんじたのか。わたしはかんがえかんがえあるいている。サクラの古木の下に、杖《つえ》をついた老人がたたずんでいる。ちかづくと、樹幹にボカッと口を開けている洞《うろ》に見入っているのだった。わたしも洞を眺める。ふたりして、無言で、洞の闇をのぞく。

紫紺色の闇をたたえた、それは楕円の穴なのであった。左耳に老人の息づかいを聞く。ごく低いラッセル音がつたわってきた。爛《ただ》れた洞のなかから聞こえてくるあえぎのようでもあった。この老人は、こんなにもじっとして、洞の闇になにを見ているのだろうか。キジバトの声が遠ざかっていく。風にのって、拡声器から町内放送がきれぎれに流れてくる。また徘徊《はいかい》なのであろうか、行方不明のお年よりをさがしている声だ。音とシーンがゆくりなく現れては消えてゆく。後頭部にまたしびれをかんじる。そうなるのはいやなのではない。はじめてでもない。頭上で鳥が羽ばたく。気圏が揺らめく。そのとき、頭蓋のなかに閃光《せんこう》がはしり、いくつかの光景のかけらがフラッシュカットのようにまなかいを駆けていった。洞の闇――大波のうねり――波間に見えるいくつもの人の手――見わたすかぎりの瓦礫《がれき》の原――われた卵――洞の闇――かがやく星空……。

老人とわたしは洞からでてきたばかりか、これからそこに入ろうとする者のように、樹のそばに黙ってたちつくしていた。なにかがやっとわかったような心もちになった。われたキジバトの卵に、わたしは超新星の爆発のような、宇宙の生々しい切り口をかんじたのだ。極小のそれは極大の宇宙の疵口《きずぐち》として、卒然としてたちあらわれた。おもえば、オリオン座のベテルギウス超新星にせよ、その誕生と流動、きたるべき爆発と消失に、ひとの喜怒哀楽など、じつは入りこむ余地がない。洞の闇もまた極小でもあり極大でもある宇宙の入り口なのだ。喩《たと》えようもなく大きな地震と大津波はきっとまたくるだろう。ふと気がついたら、かたわらの老人が消えていた。

初出＝「日本経済新聞」二〇一四年四月二十七日

「絶対感情」と「豹変」——暗がりの心性

一九九〇年代のこと。破綻国家ソマリアの首都モガディシオのホテルで、夜、鷗外の「高瀬舟」を読みはじめたら、こんなところではとてもではないがはいりこめるものではなかろうとおもっていたのが、じぶんでじぶんが怖くなるほどのめりこんでしまった。ヘリの回転翼が夜を切る音、爆撃音、震動、銃声、停電、闇、静寂、点灯、停電……が間歇し、すぐ外の暗い往来には爆弾で破砕されたひとのパーツがゴロゴロところがっていると いうのに、それらの戦いも「からだ」もあまりに遠く、極東ジャパンの古典的フィクションに描かれた、たかだかひとつの自殺体のほうにどきどきしたことにわれながらおどろいた。「喜助」の弟の、噴水みたいに血を噴きだす喉笛のあたりや、アフリカとはさしあたりなんのかんけいもない「庄兵衛」の内面のほうがやけに生々しく、身近に、切実に感じられて、狼狽し、薄暗がりで顔が火照った。あれは不意の自照とでもいうものだったのだろうか、なんだか照れくさく、きまりわるくもあった。暗闇でからだをくねらせながら、あいまいに発光するミミズのような記憶である。

吉本隆明さんには九〇年代半ばに四回お目にかかった。毎回、その発光するミミズのようなことについておたずねしようとおもってでかけたのだが、いざ話しはじめると、きもちがうわずってしまって、ミミズをけろりと忘れた。そのくせ、吉本さんのことをおもうときにはいつも、ねっとりとしたモガディシオの夜と「高瀬舟」の風景が頭の奥のほうにわいてくる。「次第に更けて行く朧夜に、沈黙の人二人を載せた高瀬舟は、黒い水の面をすべつて行つた」のラストセンテンスが、高瀬川ではなく、あろうことか、ソマリアからインド洋へと注ぐジュバ川の小舟のように瞼に浮かんでくる。ジュバ川の小舟には喜助でも庄兵衛でもなく、たぶんAK‐47ライフルかなにかを手にした長身痩軀の海賊が夜にどろっと融けるようにして乗っていて、闇の奥から豹のような目をひからせている。「知足守分」とやらも安楽死の是非もあったものではない。食うか食われるか、生きるか死ぬか、やるかやられるかだ。「高瀬舟」の、できすぎなほどの「辻つま」と、国家が崩壊しアノミー化した世界の「無・辻つま」。前者にリアリティをかんじ、後者にはあまり現実味をかんじないのはどうしてでしょうか。問いそびれた。

きたるべき戦争を、あたるかあたらないかわからないけれども、わたしはじつは予感している。諸国家の過熱と熔解、つまり世界の全面的アノミー化のイメージもきょうびはチラホラどころか大いにある。吉本さんが世界のアノミー化についてなにか言ったか言わなかったか知らない。ただ、戦争についてはかつてとても興味深いことを記している。かれは「じぶんの〈国家〉が他国家から侵攻された場合」という、いまとなってはずいぶん今日的シーン、というか、吉本さんにしては的然にして直截にすぎるともおもわれる状況を仮定し、「わが国の大多数の感性」がどのように反応するかについて、論述したのであった。読者としては固唾をのまざるをえない。しかし、その答えはある意味で拍子抜けで、意外でもあった。「わたしの思惑では……わが国の大多数の感性は、じぶんで武器をもってたたかわないとおもう」（「天皇および天皇制について」『国家の思想』＝戦後日本思想大系5＝筑摩書房　一九六九年）。若いころこれを読んで、わたしは感心しつつも、首をひねった。他国から理不尽に侵略されでもしたら、この国の人びとの感覚は右も左も俄然、別人のように凝縮して「祖国防衛」にたちあがるのではないか、とおもいもした。

しかし、かくも長かった戦後とおなじぶんだけ老けもしたわたしは、昔日の吉本さんの確然たる予測にうなずき、いまでは奇妙になじみつつもある。「太平洋戦争の敗戦から現在までの共同経験を綜合すれば、わが国の大多数の感性は、特異な〈豹変〉の型をもっている」とかれは言う。「もしわが〈国家〉を侵略し支配した〈国家〉が、適度に友好的であり、適度に好政策をうちだし、日常的に接触する場面でも素直さと善意とをみせれば、忽ち、好ましくないとおもった侵略状態は、好ましい友好状態と感ぜられるようになる。どんなに友好的であろうと、支配されているという公的な状態は徹底的に排除さるべきであるという発想はわが国の大多数には存在しない」（前掲稿）。直接にはGHQによる対日占領政策とそれへのニッポン官民のおどろくばかりのひれ伏し方と従順さを見聞した経験をもとにしているにせよ、支配という公的状態に身をもって刃向かう発想がそもそもニッポンの多数者にはない、という指摘には、いまさらはっとおどろきつつ、かれの転向論、天皇〈制〉論、国家論との絡みでも依然おもしろく、きたるべき戦争でこの国の人びとが、ぜんたい、どうたちまわるのか、という観点からも興味がそそられる。

吉本隆明さんが右のような〈豹変〉を図式的にもちだして、いちがいに軽蔑したのではなく、逆に被支配のありようを、国家からはなれた、ただの民衆の生きる方法として柔軟に評価していたのは、次の記述でも明かである。「むしろ、この〈豹変〉の型に異族支配にたいする永続的な智恵をみたほうがいいのではないか。出自不明な支配者にたいする土着の種族の智恵という考えかたが、わたしには魅力的である」（前掲稿）。こうした論及は、かれが生涯かくすことのなかった戦時中の天皇への〈絶対感情〉と相矛盾するのではないか、とみえなくもない。だが、〈豹変〉と〈絶対感情〉は時期と位相がことなるのである。

〈絶対感情〉のほうが先にあって、敗戦により「〈絶対感情〉としての天皇（制）像」が「わたし（吉本氏）の内部で崩壊し」、その後の〈人間宣言〉も空虚とおもわれたときには、すでに掌をかえしたように戦いを一切やめ、原爆を二発も投下した残虐な占領者に平気でまつらう「わが国の大多数の感性」の〈豹変〉が、炙りだしのようにみえてきたのだろう。こうして炙りだされ、めくりかえされた、いまにつづくニッポン（人）像は、わたしのなかではさらに増幅され、およそ不正追及のためにどこまでも戦うということをしない卑小でアパセティクな、しかしながら、こじんまりと内面の「辻つま」だけをあわせて生きている不可思議な幻像となっている。

吉本さんはわたしにこんなことを言った。「……戦後になると、相対的なものばっかりなんですね。僕は選挙は敗戦後すぐに一回だけ行ったことがありますけど、それだけですね。なぜかというと、ぜんぶ相対的だからですよ。誰を選んだって、どの政党を選んだって、絶対的なものをくぐり抜けてきた候補者も政党もありませんから。こんなものから選べないよと思ったんですね」（『夜と女と毛沢東』）。そこがわからないといえばわからない。どうじに、わかるといえばすこしわかるのである。わたしは天皇（制）にたいする〈絶対感情〉を抱懐したことがない。けれども、そうした〈絶対感情〉ないしそれに類するような情念をもった者たちが、かつてきわめてたくさんいて、かれらのほとんどが戦後さしたる苦悩もなく〈豹変〉し、ものごとをすべて相対化してしまったことも承知している。これは他人事ではない。ずいぶん薄らいだとはいえ、わたしじしんもまた〈絶対感情〉の残照を折々「からだ」にあび、ときに〈豹変〉に反発しながら生きてきた自覚がないわけではない。

政治とはどのみち徹頭徹尾、相対的インチキでしかない。あれだけの戦争をやらかしたニッポンの吉田茂首相は昭和二一年（一九四六年）六月、衆院本会議で涼しい顔で答弁して万雷の拍手を浴びた。「戰爭抛棄に關する本案の規定は、直接には自衛權を否定はして居りませぬが、第九條第二項に於て一切の軍備と國の交戰權を認めない結果、自衛權の發動としての戰爭も、又交戰權も抛棄したものであります、從來近年の戰爭は多く自衛權の名に於て戰はれたのであります、滿洲事變然り、大東亞戰爭亦然りであります」「戰爭抛棄に關する憲法草案の條項に於きまして、國家正當防衛權に依る戰爭は正當なりとせらるゝやうであるが、私は斯くの如きことを認むることが有害であると思ふのであります（拍手）」「近年の戰爭は多くは國家防衛權の名に於て行はれたることは顯著なる事實であります、故に正當防衛權を認むることが偶ゝ戰爭を誘發する所以であると思ふのであります、又交戰權抛棄に關する草案の條項の期する所は、國際平和團體の樹立にあるのであります、國際平和團體の樹立に依つて、凡ゆる侵略を目的とする戰爭を防止しようとするのであります、併しながら正當防衛に依る戰爭が若しありとするならば、其の前提に於て侵略を目的とする戰爭を目的とした國があることを前提としなければならぬのであります、故に正當防衛、國家の防衛權に依る戰爭を認むると云ふことは、偶々戰爭を誘發する有害な考へであるのみならず、若し平和團體が、國際團體が樹立された場合に於きましては、正當防衛權を認むると云ふことそれ自身が有害であると思ふのであります、御意見の如きは有害無益の議論と私は考へます（拍手）」。六十八年後のいま、事態はめぐりめぐって周知のとおり。科学技術は不可逆的かもしれないが、政治の退行は歴然としている。「新たなる戦前」がきているとおもうのはわたしだけだろうか。

つらつらおもうに、わたしはしかし、こんなことを天国の吉本さんと話したいのではない。かれが「天皇および天皇制について」に書いたように「日本人的であるということと天皇（制）にたいする感性とを同一のものとみなす」ことは錯覚なのかどうか。「國體」とは結局、どのような概念であり、いかなる実体または非在だったのか。それはわれわれの「からだ」や神経細胞とどのようにつながり、感応しあうのか。ニッポンの民衆が「猫変」ではなく、再びミリタントに「豹変」することはないのか。そんな暗がりの心性のようなことどもを、もしこんどお目にかかる機会があったら、問うてみたい。そして、生前はつい訊きそびれた、わたしのなかでぼうっとひかるミミズのこと。モガディシオの闇にはたくさんの無残な屍体があったのに、正直、それらを異境の非現実的な影絵のようにしかとらえられなかった一方で、「喜助」の弟の「からだ」（ときには漱石の『こころ』における「K」の自殺体）のほうを、わたしじしんの存在の奥底を血で赤く照らす「からだ」としてリアルにかんじたのはなぜなのでしょうか。そう問うてみたいのである。

吉本さんは「現在の政治権力が覆滅されたとき、天皇（制）もまた覆滅されることも確かである」（前掲稿）とも書いているが、二〇一四年の現実をみれば、よもやそうは言うまい。〈不問に付されている〉天皇（制）は、まさにずっと不問にふされているがゆえに、世界が滅びても、薄陽のように生きのこる気がする。わたしたちは、行く先がソマリアにせよイラクにせよウクライナにせよ、天皇（制）を無意識にからだのなかに入れてもちあるき、すべてが破綻した曠野にあってさえ、礼儀正しく、いじましく、こじんまりと辻つまあわせをしようとするのではないだろうか。

初出＝「文學界」二〇一四年八月号

花陰

　散歩にでたら、土手の糸桜の下でホームレスたちが三、四人おし黙って酒盛りをしていた。土日に花見客が残していった酒、肴を花陰にかくれて飲みかつほおばっているのだ。がつがつと貪っているのではなく、こちらのきめつけをいなすように、ずいぶんゆったりと品よく飲食している。だれもうたわず、だれも笑わない。頭上にほろほろと花が降っている。静かだ。静やかな花の下陰《したかげ》はかえって妖しい。ひとが死人に見えたり、死人が酒盛りしていたりする。生あたたかい風がきた。花がいったんうずまき、土手側から川面へと幅広の帯になってざわっと吹雪き、また巻きあがって、こんどは橋梁を花でつつんで、曇天をうす紅色に染めた。もう十年以上も前のこと、しばらく家に置いておいた父の遺骨を、あの橋上から川に撒いたときも、空はおもく垂れこめていた。ときおり地吹雪のようにものすごい花吹雪におそわれて、灰と骨と花が渾然として吹きながれ、灰にまみれた花弁が顔につきまとい、唇にはりついたのをおぼえている。火葬場で収骨のさいちゅうに見た父の胸骨には、服薬のせいなのか、気味のよくないうす紫色に変色したのもあったのだが、骨壺を開けたら骨はみな、すっかり往生したかのように色がぬけて白々としていた。

「足から、足から…」。父の棺を六人ほどで霊柩車にのせるとき、葬儀屋の男が発した押し殺しただみ声もまだ耳に残っている。頭側からでなく足のほうから車につみこめと男はいったのである。なにかを憚り、心をくばっているようでありながら、そのじつ、死と死人に飽きあきし、すっかり狎れきった、どこかふてぶてしい、脅すようでもあった声音。「足から、足から…」。その声になんだか聞きおぼえがある気がしたのだが、葬儀屋のあの男以外に声の主があるわけがないではないかとおもいなして、わざわざ声の根をたどることはしないでここまできた。聞きおぼえがある気がしたとたんに、たぶん、おおかた見当はついていたのに、じぶんでじぶんを欺し、わからないふりをしてきただけなのである。あの声はわたしのにひどく似ていたのだ。「足から、足から…」。父の足は女のように甲が白くほっそりとしていて指がいかにも華奢で、足掻くということにおよそふむきな、苦労しても胼胝ひとつつかない、苦労知らずの足であった。見透かすと、糸桜の下におぼろに白い足のようなものが枝から垂れるか地から生えるかしていた。

ほんとうのことをいえば、枝垂桜にはどうも素直になれない。枝垂桜をてばなしでよろこぶ心性もなんだかうっとうしい。あまりにあつらえむきすぎるのだ。どうだ、すごいだろう、美しいだろう、妖しいだろう？　見る者にそう賞賛をしいているようだ。色形が塗りたくった芸子みたいに大仰というかわざとらしいというのか、いかにも絵に描いてくれ、写真に撮ってくれといわんばかりであり、あれほど真率に欠けるものもない。それなら、いっそ絵にも文にもわざと描かなければよかりそうなものだが、それはそれで、できそうでできない相談なのであり、ひとは結局、誘われるままにあつらえむきの糸桜をおあつらえむきに描き、倦まずくりかえし撮ってしまうことになる。しかし、それで花陰の洞々とした暗がりや危うい気配のわけが明かされたためしはないのだ。滝のように幾万の花が流れ、流れてはまた咲きくるう枝の下陰には、なにかいけないことがあるだろうに、そのわけが解かれたこともない。花陰にひそみ、幢々《とうとう》とゆらめいている半透明の影。あれはなんだろうか。枝から垂れているのか。根方に立っているのか。あれがわたしなのか。

書き下ろし

遺書

　遺書といったって、なにも大げさなことではない。悲しくもない。あらたまりもしない。書くことはどのみちほぼ例外なく遺書かそれに近いなにかなのである。そう心えてもう十数年はたつだろうか。故人がおのれの死後をおもい生前にしたためた文のたぐいをひろく遺書というのなら、わたしはまだ故人ではないけれども、死後をおもうのは、申すまでもなく、生前にしかよくなしえない行為なのだから、麗々しく見出しや但し書きをつけなくても、死さえおもえば、あれもこれも結局、遺書ということになる。せいぜいそのような心もちでの、これも遺書なのである。いや、筆者が物故しなければまだ遺書とはいえないというのであれば、これは遺書の予定稿ということになる。そんなことはどちらでもよろしい。ゆくりなくもけふは誕生日である。気がつけば苦笑するしかないのだが、七十歳の誕生日である。わはははは。ハッピーバースデイ・トゥ・ミー！　遺書は、それでは、誕生日の余興とでもしよう。

　死をおもうことは、とりもなおさず、生をおもうことである。正直にいおう。余人は知らず、わたしのばあい、げにや、つまらない人生ではあった。おもしろいことも、むろん、ありはしたが、なにかとんでもなくくだらない人生だった。後半になるにしたがい、だんだんおそろしくつまらなくなってきた。いまではじぶんというこの存在が、そもこの存在に値するのか、ほとほとうたがわしくなるほど、切実につまらない、くだらないと感じられる。ただごとではない。これはどうしたことだろう。一九四四年の生まれである。敗戦の一年まえ。大半の人びとが赤貧洗うがごとき生活であった。もの心ついてからも暮らしは貧しかった。貧困や暴力や不正をはじめ理不尽で不条理なことが数えきれないほどあった。人びとは痩せておどおどし、風景はゴツゴツとして色が少なく、どこからもなにかしら露骨なにおいがたちこめ、風は寒々としていた。日常は、ことばといい身体といい、そのなかの骨といい性根といい、ありていに剝きだされていた。

　それならば、いまのほうがいっそよかりそうである。存在は表面ツルツルペロリとしてゴツゴツとしてないし、風景は（いずれ遠からず、かつてよりさらにそうなるにしても）露骨に剝きだされてもいない。なのに、やはり、いまはとことんつまらなく、くだらなくおもわれてならない。愚か者のわたしは、所詮からっぽでくだらないにしても、ここまでくだらない世の中になるとは予想しなかったのである。黯然たる深淵の底には、なにか容易には語るに語りえない大事な意味があるのだとばかりおもっていた淵が、いざ明るくしてみたら、意味どころか、じつは徹底的な空無でしかなかった、語る価値もなかった……という失望にそれは似ている。知らぬ間になにかがおきたのか。だとしたら、いったい、なにがおきたのだろう。いや、おきるべきなにがおきなかったのだろう。わたしは惘然《ぼうぜん》としていぶかる。風景はなぜ、こんなにもことごとにわざとらしいのだろう。ことごとになぜこんなにもわざとらしくみえるのであろう。なぜ存在は芯をなくしたのだろう。存在にはもう芯がないとなぜかんじてしまうのか。わたし（たち）はなにをえて、なにを失ったのだろう。

はっきりしているのは、ことばが損傷をきたしていることだ。損傷などというなまやさしいものではない。ことばは、すでにあらかた血抜きされてしまった。骨抜きにされた。くわえて、複雑骨折、内臓破裂、脳挫傷、神経壊死をきたしている。きわめて重篤な状態である。瀕死である。ことばは、こうなったらほとんど無効なのである。にもかかわらず、ことばが、なにごともなかったかのように、ことばとしてもちいられ発声されている。危機は「キキ」と発音されるものの、「キキ」という音をたてて液晶画面を滑っていくのみで、なにも危機をつたええていない。ことばがそれを表出する主体をうしなってしまったからだ。主体がことばからはなれ、ますます乖離してしまった。ヴァイス・ヴァーサ。ことばが主体をおきざりにしてしまった。わたし（たち）は、ことばと、それらを届けるべき声と、それらを必死で届けるべき相手と、なんとしても届けようとする意欲を、おおかた失いつつある。わたし（たち）はいま、こころみに、疎外といってみたい。「ソガイ」と。すごいことばだ。かつてはすごいことばだった。ソガイ。それらしく発音することはできるだろう。疎外。精神が主体をないがしろにして、主体にとってよそよそしい他者となること……と、よどみなく語義説明する若者もいないとはかぎらない。それがまちがっているわけではない。

だが、疎外や自己疎外はかつて、もっと生体の弾力ある芯をつよくひっぱり、また身体をトントントンと実感的に叩いてくることにより、人間的主体の芯の所在とその腐食ぶりをおしえてくれることばだったのだ。疎外はいま、モニター画面に鮮明にうつるただの記号として、それじしんが生身の主体を疎外するのである。主体のありかとありかた。それが問題である。それが問題であるという意識をいつからかせせら笑い、ずっとせせら笑い、笑われしているうちに、わたし（たち）はいっそう疎外され、にもかかわらず、疎外という実感を忘れてしまったのである。疎外とせせら笑いという虚偽の意識が、いつしかつよい免疫力をえて、真実の意識になってしまったのだ。なんということだろう。人間がみずからつくりだしたはずの生産物やシステム、機構、制度、政治、権力、それらにまつわるもろもろの幻想によってかえってしばられ、ひとであることの尊厳をうばわれ、どこまでも侮蔑され、支配され、あるいはそれらからしめだされ、排除され、不利益をこうむり、それでもなおエヘラエヘラ笑っていられる状況。それがしあわせないまの風景ではないのか。

それでは、だれが社会と歴史の主体になったのだろうか。だれが勝ったのか。だれが負けたのか。それは、にべも誇張もなくいえば、カネと暴力である。いずれも人間がみずからつくりだした倒錯の産物である。価値の運動体といえばいかにも聞こえはよいが、無限に自己増殖するいがいにはなんの能もない資本が、社会の無価値な主体となり、人間とその労働ひいてはことばもまた、たんに資本の自己増殖の手段となってしまった。ひとはだれかが不当に儲けるか不当にくるしめられるためにしか存在しえなくなり、人間の意識さえもが物象化され、収奪と商品化のターゲットになっている。あくことのない利潤の追求は貧者をどこまでもおいつめ、弱者を合法的に死にいたらしめている。とりわけ金融資本はいまや専制的力をえて、情理も条理も道義も歯牙にもかけず、地球を席巻し、そのことにより各所で新しい暴力を生成している。にもかかわらず、まったくにもかかわらず、ことばは美しいひとの物語をつむぐのをやめない。国民国家がついに崩壊し、破綻国家とならず者国家、狂信的な自民族中心主義国家に分裂しつつあるにもかかわらず、ハリウッドは善悪二項対立の擬制からのがれることができない。

そのような状況にあることばが、現在のひとの抑圧や不自由や屈辱のありようをじゅうぶんに表現することができるだろうか。かりに十全に表現されたにせよ、だれが理解するだろうか。この社会にひろくいきわたっている抑圧、不自由、屈辱とは、筋肉・神経・感覚細胞などを抜きとられ、生々しい原義をかすめとられた、完璧な空洞の、おどろくことには、「善」とさえみまがうものなのである。現在、この社会にひろくいきわたっている抑圧、不自由、不公正、屈辱とは、コンプライアンスにかない、快適とみなされ、すべての摩擦が排除され、だれがこしらえたかもわからない第三者機関によって「適正」と認定され、それゆえ道理にもとづくとされる抑圧であり不自由であり不公正であり屈辱なのである。もうよい。げにつまらぬ人生ではあった。究極の、そしてたったひとつの真実は、わたし（たち）がどうあっても死ぬまでは生きてしまうというその簡明さのなかにしかない。そこにしか真実はなくなってしまったのだ。全世界にむかってひとりで叫ぼう。大ばかやろう、と。わたしはすべてをほっぽってイカを釣りにいこうとおもう。透明で美しいイカを。夜、ぼうっと青くひかるイカを。ユズを一個買っていこう。黄色いユズを。蛇足ながら、以下、けふの佳き日に浮かんだ埒もないおもい……予感と期待。

一、現自民党政権はかならず、ひとびとにかつてない災厄をもたらす。
一、死んでも憲法第九条をまもりぬくこと。憲法第九条がすでにズタズタになっていても、再生させること。
一、新しい戦争がくる。あるいは、新しい戦争がすでにきた。
一、時間は原始にむかい逆にながれている。
一、また核爆発がある。
一、原爆投下直後のヒロシマ、ナガサキを、いまいちど切実に、切実におもうこと。ことばはそこから練りなおされなければならなかったのだ。
一、憲法第一条〈天皇の地位・国民主権〉の「天皇は、日本国の象徴であり日本国民統合の象徴であつて、この地位は、主権の存する日本国民の総意に基く」という文言の「日本国民の総意」は虚偽であり、この「総意」にわたしはふくまれない。したがって影響もされない。
一、死刑を即時やめること。
一、希望はない。絶望をふかめること。

二〇一四年九月二十七日

辺見庸

あとがき

本書は、前作『もの食う人びと』を補足し、表裏をなすものだという意識で、敢えてまとめてみた。少しく勇気が要《い》った。私のなかの、いささか縒《よ》れて湿った地下茎部分が、どうしてもそうせよと迫るのだからいたしかたがない。新聞連載を原形とした前作では、主として記者という本業からくる長年の癖で、表現上それなりの抑制と我慢を余儀なくされ、欲求不満が残った。私という全体の、陽当たりのいい地表部分にとってはあれでよかったのだが、地下茎のほうはずいぶんと異議を申し立ててきたわけである。別にこれまで隠してきたわけではないが、どこかいかがわしい私の氏素姓《うじすじょう》と考え方の筋道は、本書でこそ幾分なりともはっきりするだろう。恥を忍び、それを明らかにするのも、『もの食う人びと』を読んでいただいた多数の読者、友人への著者の最低限の礼儀であると思う。

本書を、一九九四年十二月六日、ナイロビからザイールのゴマに向かう途中、不慮の飛行機事故で死去した私の若き同僚にして優れた記者、沼沢均に捧げる。

一九九五年四月　　　　辺見　庸

文庫版の読者のために

本書の表題とした一文は、拙著『もの食う人びと』に第十六回講談社ノンフィクション賞があたえられたときに、『現代』編集部の求めに応じて書いた。受賞者は同誌になにがしかのことを認《したた》めるのが慣わしらしいのである。不思議なことに、自他ともに許す遅筆が、この原稿だけはほぼ一晩でまとめた。なぜかといま考えてみると、おそらく、『もの食う人びと』を書いた私自身への相当に強い反発が発条《ばね》になったとおぼしい。「反逆する風景」は、いわば、私への反逆であり、『もの食う人びと』への公然たる裏切りでもある。他の小品群も表題作の質に合わせ、意味と風景ということにそれなりの思考をめぐらせたものを選んだ。意味論とか風景論とか肩肘張るほどのこともない、意味と風景についての、ごくごく私的、かつ平易な詮索《せんさく》と吟味《ぎんみ》を、本書のなかでくりかえし通奏させてみたかったのである。

ここで誤解なきよう断るなら、『もの食う人びと』を、私は私の作品として許せないと考えているのでは毛頭ない。あれはあれでひどく苦労した。手抜きは許されなかった。かなりの向こう傷を負いもした。紛れもない私の、思い出深い作品である。しかしながら、同書にかかわる旅の全行程で、私のなかの半身のみがしきりに活躍し、残るもうひとつの半身は、おおむね出る幕がなかったのである。ヒーローとはなりえなかった。言い換えるならば、『もの食う人びと』で、私は概して自身の「善」なるもののみ作動させ、「悪」および善でも悪でもない他愛もないもの、ないしは無意識のあからさまな登場を禁じた。麗麗しい善などより、私が後者をこよなく愛しているにもかかわらず、である。

主たる理由はただひとつ、もともとの発表媒体が新聞だったし、私が外部寄稿者ではなく組織内部の記者だったからである。大なり小なり、あの職能独特の自己規制というやつが働いたというわけだ。マスコミというのは、奇妙なもので、吉事については人の善のみを前提にして伝え、犯罪などの凶事に関しては、これを引き起こした人間を悪として毫《ごう》も疑わない、単純極まる善悪二分法をもって変わらざる伝統としているのである。それに反発する私とて、組織ジャーナリズムの内部にあれば、液体の浸透圧の道理で、善悪二分法の影響を少しも受けていないと言えば嘘になる。言い訳めくが、これは自己正当化ではない。『もの食う人びと』で、私は旧来の新聞文法、新聞常識（紋切り型と言ってもいい）を、新聞という土俵の範囲内で、極力排除しようと試みたし、結果、あの種の非新聞的表現と内容に、当時、かの業界では反発する向きも少なくはなかったのだ。『もの食う人びと』は、主として、その感性と直観のいずれも新聞編集者にはるかにまさる読者により支えられたのである。ただ、私としてはそれでも満足できなかったということだ。新聞常識に激しく抵抗はしたけれども、完全に覆しはしなかったという未到の思いからこれはきている。

　こうした心理的葛藤をうまく処理できる、ハーモニアスで達者なもの書きは世にいくらでもいるが、どうやら私はそうではないらしい。抑えつけてきた私のなかの悪なるもの、善でも悪でもないものに対し、私はあいすまないと感じていた。品のない言い方をすれば、どこかで落とし前をつけなければならないと考えたのである。加えて、後景に退けられた私の卑しい半身は『もの食う人びと』の、世間的意味での「成功」を大いに嗤《わら》い、嘲弄《ちょうろう》してやまなかったということもある。グロテスクなその半身は、私の耳元でいやらしい声で囁くのである。闇ってのは闇からしか見えませんぜ、悪ってものは善からは透視できませんぜ……と。したがって、その声にも私は応じる必要があった。残された半身といい、この声といい、いずれも私自身のものではあるのだが、よくよく思えばそれらはまた読者の半身であり声でもある。私は一応の落とし前を、畢竟《ひっきょう》、読者に対してもつけなければならなかった。それが本書なのである。

　文庫化に際しては、中身が現在の状況に耐え得るか検討の要があった。読み直すうちに思い至ったのは、現在とは、しばしば、現在よりも過去によって、より輪郭鮮やかに説明されるのではないかという点であった。本文の「核軍縮と哲学の貧困」は、現在の対人地雷全面禁止条約の光と影をあぶりだすだろうし、「汽水はなぜもの狂おしいのか」で記した「世界が虚構を奪っている」状況は、いまも劇的にひきつづいている。なにより、表題作で試みた反意味、風景の逆襲の視点は、むしろいまの状況にこそ有効なのではないかと感じられた。これは自画自賛ではない。単行本の脱稿直後に私が遭遇した地下鉄サリン事件の現場は、まさに風景の反逆そのものであった。神戸の連続児童殺傷事件も然りである。風景の実相からすれば、依然「日本の新聞紙面は、ほとんど一次元的に意味を付与された虚構に覆われており、それらは上等でおもしろい嘘ですらない」のであり、新聞のみならずマスコミ全域がいまなお「おおむね下等に描写された風景と、ため息がでるほどつまらぬ道理に満ち満ちているといっても過言ではない」のである。私には、いまもこれらを何万回でも確信をもって言いつづける用意がある。同時に、反意味の視点をさらに強化し、深化させる必要もかつてなく痛感している。

本稿の終わりに、高内壮介氏の詩句を引用させていただく。「例えば殺人。／この世に存在するものを、／消すことが犯罪なら、／この世に存在しないものを、／創《つく》ることだって犯罪ではないか。／中略／……だから俺は、／犯罪意識なしに、／ものを創《つく》る奴を、／信用しない。」（『花地獄』・「飛鳥」より）。そう、「反逆する風景」を、私は十分な犯意にもとづき書いたのである。

本書単行本編集では、講談社の久保京子氏、文庫版では、蓬田勝氏のお手を著しく煩わせた。記して厚く御礼申し上げる。

この文庫版もまた、亡き友、沼沢均の霊に捧げる。

一九九七年十一月

辺見　庸

鉄筆文庫版のあとがき

若いころ、ひとが老いるとはどんな状態なのか、いくどか想像したことがある。若い者がしきりに猛り狂うのにたいし、老いさらぼうひとのほうは、寂しく闌《た》けつつ死者の列へと無言でくわわっていくのだろう。そうおもいこんでいたものだ。いまはそうはおもわない。イタリアの写真家マリオ・ジャコメッリが撮ったホスピスの老人たちの写真（「死が訪れて君の眼にとってかわるだろう」）は不思議だ。たしかに死は近いのかもしれない。しかし、かれらの顔にはそうじて死を前にした孤愁とはことなる、「にぎやかな生」か「険阻な悩乱」とでも言うべき内面が滲みでているのであり、意外なはげしさに胸をつかれる。本書『反逆する風景』は単行本刊行から十九年、最初の文庫化からは十七年を閲する。その間に、わたしも世の中もじゅうぶん老いて闌けました。と言いたいところだが、わたしも時代も、そして読みかえしてみればこの本もまた、臈長《ろうた》けて静まるどころか、険阻なる悩乱に満ちているのである。したがって、旧版を修正する必要はなかった。戦火はすでに各所に生じ、予想もつかぬ方向に拡大している。若者より年寄りたちが怒り狂っている。すべてが逆転している。ものごとはおこるべくしておきているのではなく、おこるはずがないとされてきたことが眼前で相次いで生起している。シミュレーションはほとんど無効であり、風景は予測をくつがえすのを使命とこころえているかのように、反逆に反逆をかさねているのである。つまり、旧版刊行後におきた9・11も3・11もそうなのだが、世界は依然、ひとの虚構生産能力をうばいつづけているのだ。どうじに、壮大なスペクタクルに虚実の境がなくなりつつある。ということは、「事実」なるものに居心地のよい居場所がなくなってきたという話にもなる。畢竟するに、いま自信をもって言えることは、人間にかんするかぎりなにひとつ確実なことなどない、という始原の事実だけではないのか。おそらく、かつて見たこともない「てんやわんやの時代」がついに到来したのである。本書が、てんやわんやの風景に周章狼狽しないための「点眼液」の作用を果たすように祈る。

本書の鉄筆文庫化は、渡辺浩章氏の熱意と努力のたまものである。記して御礼する。本文庫を、一九九四年十二月アフリカで飛行機事故のために死去した友、沼沢均に捧げる。

二〇一四年十月

辺見　庸

解説　赤い背広、消えず

藤島　大
スポーツライター

小学生の夏、砂浜に横たわる子供を見た。溺れたのだ。たまたまそこにいたのだろうか白人の男性が片膝をつき長い顔を幼く丸い顔の上に突き出しながら具合を確かめている。誰かがつぶやいた。「アメリカの基地のお医者さん」。ずいぶん距離があるのにこわかった。そこへ海水浴の中年男がひとり通りかかり、のぞきこんで、こちらへ向かって歩きながら言った。

「ダメだ。息がねえや」

口調が落語家みたいだった。おそろしくて悲しいのにおかしかった。スポーツ新聞社に入り、上司の大好きな「あらかじめ定められたストーリー＝亡き母に捧げるカーブ」を書くのが大嫌いになって、たまにその午後を思い出した。あれは反逆する風景だった。

本書にこうある。

「景色の反撃をそれと気づきもせず、細部をすべて切って捨てて、退屈な意味だけ連ねたジャーナリズム（略）」

でも辺見庸の愛読者なら、そんなジャーナリズムに感謝もしたくなる。通信社の記者としてあまたの風景、それも日常でなく「取材」という枠によってさらに際立つ景色と遭遇できた。見て、見て、また見た。大半は「古くさい意味世界を守りたい」新聞にそぐわぬと記事に盛り込まれない。ミンダナオ島の人肉食の山になぜか現われた「赤い背広の男」を「全体の主旨に整合しない」と原稿用紙から省いたように。では、反逆する風景は全国各紙に配信されぬから消えたのか。なかったことになるのか。そうではない。だから、いまお読みになった一冊はここにある。

ニュースの場に切り捨てられた細部は、むしろ消滅をまぬかれた。報道マンで小説家で詩人の体内に熟成された。ここがページを繰る人間の幸福なのだ。

記憶とは屈折を含めて世界そのものである。母校、宮城県立石巻高校の素敵な大先輩であるはずのコメディアン、カックンの由利徹は本当のところは卒業生ではなかった。ただ辺見庸は長い時間そう信じて生きた。「テレビの彼を妙に意識して私は東京暮らしをしてきた」。すでに歴史だ。記憶は現実を超える。もちろん意味なんてあっさり拒む。記憶とは、その時にまかり通る力との同化をよしとせぬ風景なのである。そして、それは「よく見て、よく書く人」を得た場合にのみ活字となりうる。キジバトの小さな卵の破砕をアパートの非常階段に見つけ、オレンジ色の飛沫を見て、そこに「極小でもあり極大でもある宇宙の入り口」を発見できる。そんな人があって世界は意味をなんとか逃れられる。

単行本刊行より十九年、読み返して、どの一文字すら腐食と無縁なのは意味が遠ざけられているからだ。意味はもろい。すぐに崩れる。弛緩を嫌悪する文体、無駄のない一行ずつが、無駄を省いた予定調和ではなしに、その反対のありさまに届く。安易に状況を抽出せず、わかりづらいものはわかりづらいまま、なお明敏に切り取る。

辺見庸の著作はスポーツライティングの最良のテキストである。実際、若い志望者と縁を持つたびに熟読を勧めてきた。勝ち負けの明白なスポーツの記事は、それこそ意味というやつの親友、油断すればすぐに肩を組む。よほど注意してかからぬと、川は川、海は海でおしまいとなる。淡水、塩水のいずれとも異なる汽水を描かなくてはならないのに。引き絞り、引き締まる文章で行数を節約、その分、意味の外にあるディテールを書き残すのも要諦、それらのすべては本書に学べる。

歳月を経て、この著者だから察知できた数々が、いま露骨に世を覆う。皮肉なほど本書を鮮やかとさせるのは、「——前書きに代えて」にあるように、ますます、すさまじい勢いで荒れ狂う風景の反逆だ。反骨のボードビリアン、マルセ太郎は「記憶は弱者に在り」

と繰り返した。そうであるなら、さして記憶を必要としない二世、三世の政治家ばかりが要職を占めて、いっそう「すさまじい勢い」は増している。「主観的善意ときまじめさに支えられた民族的情緒の発揚ぐらい怖いものはない」。ロシアの自称「民族社会主義者」についての一文も、国境を越えて、どんどん迫真性を帯びる。「てんやわんやの時代」の到来を望んだわけではなかろうが、あらためて『反逆する風景』を手に取ると、ほとんど予言の書である。

書き下ろしなど鉄筆文庫に新たに収録された篇には絶望の気配も漂う。ここからは勝手な願いである。ひとり絶望に抗え、とは申しません。でも辺見庸には、絶望を絶望、と記し、述べ、語り続けてほしい。「怒りの表現」の美しさをこれからも後進に示してほしい。「大ばかやろう」と全世界に向かって叫ぶ声の調子を教えてほしい。「わたしはすべてをほっぽってイカを釣りにいこうとおもう」（遺書）

透明で美しいイカよ。反逆せよ。

反逆する風景
一九九五年四月、講談社より単行本刊行
一九九七年十一月、講談社文庫として刊行

辺見庸作品リスト（単行本刊行順）

『自動起床装置』（小説）1991年8月文藝春秋刊。文春文庫、新風舎文庫

『ナイト・トレイン異境行』（随筆）1991年11月文藝春秋刊。『ハノイ挽歌』と改題し文春文庫

『赤い橋の下のぬるい水』（小説）1992年7月文藝春秋刊。文春文庫

『傷んだハートにこんなスチュウを』（小説）1992年8月世界文化社刊

『もの食う人びと』（ルポルタージュ）1994年6月共同通信社刊。角川文庫

『反逆する風景』（随筆）1995年4月講談社刊。講談社文庫、鉄筆文庫

『ゆで卵』（小説）1995年12月角川書店刊。角川文庫

『屈せざる者たち』（対談）1996年4月朝日新聞社刊。角川文庫

『不安の世紀から』（対談）1997年1月角川書店刊。角川文庫

『夜と女と毛沢東』（吉本隆明対談）1997年6月文藝春秋刊。文春文庫、光文社文庫

『新・屈せざる者たち』（対談）1998年4月朝日新聞社刊。角川文庫

『眼の探索』（随筆）1998年12月朝日新聞社刊。角川文庫

『独航記』（随筆・評論）1999年11月角川書店刊。角川文庫

『私たちはどのような時代に生きているのか』（高橋哲哉対談）2000年2月角川書店刊

『単独発言　99年の反動からアフガン報復戦争まで』（評論）2001年12月角川書店刊。角川文庫（サブタイトル＝「私はブッシュの敵である」）

『反定義　新たな想像力へ』（坂本龍一対談）2002年3月朝日新聞社刊。朝日文庫

『新　私たちはどのような時代に生きているのか　1999から2003へ』（高橋哲哉対談）2002年10月岩波書店刊

『永遠の不服従のために』（評論）2002年10月毎日新聞社刊。講談社文庫

『いま、抗暴のときに』（評論）2003年5月毎日新聞社刊。講談社文庫

『抵抗論　国家からの自由へ』（評論）2004年3月毎日新聞社刊。講談社文庫

『闇に学ぶ　辺見庸掌編小説集　黒版』（選集）2004年9月角川書店刊

『銀糸の記憶　辺見庸掌編小説集　白版』（選集）2004年9月角川書店刊

『自分自身への審問』（随筆）2006年3月毎日新聞社刊。角川文庫

『いまここに在ることの恥』（随筆・講演録）2006年7月毎日新聞社刊。角川文庫

『記憶と沈黙　辺見庸コレクション1』（選集）2007年3月毎日新聞社刊

『たんば色の覚書　私たちの日常』（随筆）2007年10月毎日新聞社刊。角川文庫

『言葉と死　辺見庸コレクション2』（選集）2007年11月毎日新聞社刊

『愛と痛み　死刑をめぐって』（講演録）2008年11月毎日新聞社刊

『しのびよる破局　生体の悲鳴が聞こえるか』（随筆）2009年3月大月書店刊。角川文庫

『私とマリオ・ジャコメッリ　〈生〉と〈死〉のあわいを見つめて』（随筆）2009年5月日本放送出版協会刊

『美と破局　辺見庸コレクション３』（選集）2009年6月毎日新聞社刊

『詩文集　生首』（詩集）2010年3月毎日新聞社刊

『水の透視画法』（随筆）2011年6月共同通信社刊。集英社文庫

『眼の海』（詩集）2011年11月毎日新聞社刊

『瓦礫の中から言葉を　わたしの〈死者〉へ』（随筆）2012年1月ＮＨＫ出版刊

『死と滅亡のパンセ』（随筆）2012年4月毎日新聞社刊

『明日なき今日　眩く視界のなかで』（創作・随筆）2012年9月毎日新聞社刊

『国家、人間あるいは狂気についてのノート　辺見庸コレクション4』（選集）2013年2月毎日新聞社刊

『青い花』（小説）2013年5月角川書店刊

『いま語りえぬことのために―死刑と新しいファシズム』（講演録・随筆）2013年10月毎日新聞社刊

反逆する風景

辺見 庸

鉄筆文庫 002

反逆《はんぎゃく》する風景《ふうけい》

著者　辺見《へんみ》 庸《よう》

2014年10月31日　初版第1刷発行

発行者　渡辺浩章
発行所　株式会社 鉄筆
〒112-0013　東京都文京区音羽1-17-11
電話　03-6912-0864
表紙画　井上よう子「希望の光」
印刷・製本　近代美術株式会社

ISBN 978-4-907580-01-8　Printed in Japan

鉄筆文庫創刊の辞

喉元過ぎれば熱さを忘れる……この国では、戦禍も災害も、そして多くの災厄も、時と共にその「熱さ」は忘れ去られてしまうかの様相です。しかし、第二次世界大戦での敗北がもたらした教訓や、先の東日本大震災と福島第一原発事故という現実が今なお放ちつづける「熱さ」を、おいそれと忘れるわけにはいきません。

先人たちが文庫創刊に際して記した言葉を読むと、戦前戦後の出版文化の有り様への反省が述べられていることに共感します。大切な「何か」を忘れないために、出版人としてなすべきことは何かと真剣に考え、導き出した決意がそこに表明されているからです。

「第二次世界大戦の敗北は、軍事力の敗北であった以上に、私たちの若い文化力の敗退であった。私たちの文化が戦争に対して如何に無力であり、単なるあだ花に過ぎなかったかを、私たちは身を以て体験し痛感した。」（角川文庫発刊に際して　角川源義）

これは一例ですが、先人たちのこうした現状認識を、いまこそ改めてわれわれは嚙みしめねばならないのではないでしょうか。

現存する文庫レーベルのなかで最年長は「新潮文庫」で、創刊は一九一四年。それから一世紀が過ぎた現在では、80を超える出版社から200近い文庫レーベルが刊行されています。そんな状況下での「鉄筆文庫」の創刊は、小さな帆船で大海に漕ぎ出すようなもの。ですが、「鉄筆文庫」は、先人にも負けない気概をもってこの大事業に挑みます。

鉄筆の社是は、「魂に背く出版はしない」です。私にとって第二の故郷でもある福島の地で起きた原発事故という大災厄が、私を先人たちの魂に近づけたのは間違いありません。この社是は、たとえ肉体や心が消滅しても、残る魂に背くような出版は決してしないぞという覚悟から掲げました。ですから、「鉄筆文庫」の活動は、今100万部売れる本作りではなく、100年後も読まれる本の出版を目指します。前途洋洋とは言いがたい航海のスタートではありますが、読者の皆さんには、どうか末永くお付き合いくださいますよう、お願い申し上げます。

二〇一四年七月　　渡辺浩章